イギリス諷刺詩

大日向 幻
Gen Ohinata

関西学院大学出版会

イギリス諷刺詩

大日向　幻

目次

サミュエル・バトラー

第一章『ヒューディブラス』における諷刺と喜劇

一

『ヒューディブラス』の作者サミュエル・バトラーは一六一三年ウースターの農家に生まれ、同地のキングズ・スクールで教育を受けた（注1）。大学に入学したという記録は残っていない。十代後半から秘書として様々な貴族や有力者に仕えた。『ヒューディブラス』に現われる哲学、神学、科学、占星術、魔術、錬金術、医学、古典、歴史、外国旅行などに関する豊富な知識は、これら貴族たちの蔵書から得られたにちがいない。この作品を好意的に評した人の一人であるサミュエル・ジョンソンはこの詩の面白さを「『ヒューディブラス』という詩は国民がまさしく誇りに思ってよい作品の一つである。詩が示すイメージはイギリス的で、感情は借りものでなく、思いがけない感情であり、語法は独創的、独特である」と表現している（注2）。

この作品は三部から成っているが、その第一部が出版されたのは一六六二年十二月、すなわち王政復古二年後のことである。それはただちにロンドンで最も人気ある詩となり、チャールズ二世をはじめ、宮廷人、王党派学者、ジェントルマンたちによって大歓迎のうちに読まれたのである。一年以内にこの詩は九版を重ねたが、そのうちの四版は海賊版であった。また匿名の著者による贋作の第二部が出版され、それも三版まで版を重ねた。これほど人気がある作品であり、国王自身にも読まれたのに、バトラーが年金受給に浴したのは十五年後のことであった。

第二部は第一部のちょうど一年後に出版され、これも好評であった。第三部が出版されたのは一六七七年であるが、第一・二部ほど好評ではなかった。バトラーは一六八〇年に他界したが、貧困のうちに亡くなったと言ってよい状態であった。

さて以上がバトラーの略歴であるが、この作品が書かれ、出版されたのはどのような時代であったのか。周知のごとく一六四二年から一六六〇年王政復古までは、クロムウェルによって共和制が敷かれた時代であった。ひとくちにピューリタンといっても、その内容は様々である。この詩の主人公ヒューディブラスは当初議会の多数派であった長老派を代表しており、従者ラルフォーは、内戦の途中から主導権を握るに至った独立派を代表している。それぞれバトラーの諷刺の対象となっているが、バトラーはこの二人を主人公とすることにより、ピューリタンの多様性自体を諷刺しているようである。

しかしピューリタンの多様性はこの二派にとどまらず、シーカーズ、ランターズ、バプテスト、クェーカーズ、レベラーズ、ディガーズ、第五王国派といったセクトが次から次へと登場したのである。ここで注意すべきはそれほどではないにしても、王党派側にも多様性があったという点である。これは例えば世代間のギャップとして現われていたことが指摘されている。すなわち、『憂うつの救済』(一六六一)は特に風習の革新に関心を示しているが、「それは年老いた王党派が、新政権は自分たちが目指して戦ったものとは異なると感じはじめていたから」である(注3)。

さてこのように激しく価値観が変動する時代、まさに「転倒した世界」においては、喜劇、笑劇（バーレスク）が最も適切な文学の表現形態となることは、容易に理解されるところである（注4）。事実この時代にはすぐれた諷刺詩として『ヒューディブラス』の他に、ドライデンの『マック・フレクノー』、『アブサロムとアキトフェル』、マーヴェルの『画家への最後の指示』を見たのであった。

では『ヒューディブラス』はどのような作品であるのか。一般に諷刺詩と言われている。私もそう思う。しかしもし諷刺がバトラー自身が言う如く、悪意にもとづいているとすれば（注5）、この詩には諷刺のみならず、単に滑稽な部分、あるいは滑稽の要素が勝った部分があると思う。つまりこれは諷刺が中心でありつつ、それに悪意がない喜劇が加わった詩であると考える（注6）。

バトラーはピューリタンを徹底的に諷刺罵倒しているのであるが、それは単に王党派の立場からというのではない。まして『ヒューディブラス』は王党派のプロパガンダとして書かれたものではない。バトラーにはワイルダーズが言う経験にもとづくコモンセンスがあった（注7）。そのコモンセンスに照らして考えると、世の中にはおかしいことがいろいろある。その典型はピューリタンである。が、カトリック教会もおかしい。王立協会も健全とはいえない。だからそれらもそれぞれ諷刺されている。このいわば中庸を旨とする保守的なイギリス精神――コモンセンス――が諷刺の根底に作用している。この精神の故に、この作品がまさに時代の産物でありながら、時代を越えてわれわれに訴えてくるのではないだろうか。このような観点から第一部第一篇を中心としてこの作品を吟味したいと思う。

二

『ヒューディブラス』は一般にあまり読まれない作品であるから、ここでマイナーに倣って要約を試みよう（注8）。

この作品は三部（Parts）に分かれ、それぞれが三篇（Cantos）に分かれている。第二部第三篇の後にヒューディブラスからシドロフェルへの書簡があり、第三部第三篇の後にはヒューディブラスから未亡人への書簡と、未亡人から彼への返書がついている。ワイルダーズ版によって行数を示せば、第一部が三、四八〇行、第二部が三、一三二行、第三部は四、八二六行、計一一、四三八行となり、『失楽園』よりすこし長いことになる。

第一部

第一日

第一篇　ヒューディブラスとラルフォーの紹介。風采と気質の叙述。二人は最初の議論を始める。出発。

第二篇　ヒューディブラスとラルフォーは熊いじめに遭遇。熊いじめについて一席ぶってから二人は熊いじめ関係者たちを攻撃。偶然に勝利を治め、義足をはめたヴァイオリン弾きクロウデロを晒し台につける。

第三篇　一度逃げた熊いじめ関係者たちが逆襲。女傑トララとサードンが熊を救済。トララはヒューディブラスを征服。ヒューディブラスとラルフォーの二人を晒し台につける。そこで二人はまた議論を始める。

第二部

第一篇　その財産をヒューディブラスが狙っている未亡人なる貴婦人は、ヒューディブラスの敗北を滑稽に思い、彼を訪問。ヒューディブラスは巧みに言い寄るが、彼女は取り合わない。だが、恭順宣誓をした上で、ヒューディブラスは救けだされる。

第二日

第二篇　ヒューデイブラスとラルフォーは釈放されてしまうと、自分を笞打つという宣誓を守らなくてよい口実を見つける。二人は再び出発。スキミントン行列の連中に出くわす。二人は彼らに対抗して熱弁をふるうが、うまく逃れる。

第三篇　ヒューディブラスは自分の将来、特に貴婦人への求愛について将来が不安になり、ラルフォーと共に占い師シドロフェルの許を訪れる。ヒューディブラスははじめシドロフェルに感心するが、やがて理屈の言い合いになる。そのうちに暴力沙汰となり、ラルフォーは逃亡。ヒューディブラスはシドロフェルを打ちすえ、死んだものと思って、置き去りにする。

シドロフェル宛ヒューディブラスの英雄的書簡　この中傷的書簡においてシドロフェルは、占星術師から王立協会の大家ということになる。つまりヒューディブラスは王立協会を諷刺する。

第三部

第一篇　従者ラルフォーは一足先に貴婦人の許へ行って、彼女の財産を狙うヒューディブラスの真意を通報する。それと知らず貴婦人の許へ来たヒューディブラスは彼女に求愛する。貴婦人は変装した悪鬼を使って、ヒューディブラスにその姦計を告白させる。

第二篇　これは本題からの逸脱であり、護民官時代から王政復古までの推移を述べる。

第三日（三・三・四三一七四）

第三篇　ヒューディブラスとラルフォーは再会、法律によって貴婦人の心をとらえることに決め、弁護士の許を訪れる。

貴婦人宛ヒューディブラスの英雄的書簡　論理を乱用してヒューディブラスは自分の虚言による罪科の言いわけをする。愛について熱弁をふるい、貴婦人が自分を愛さねばならぬと言う。

騎士宛貴婦人の返書　貴婦人はヒューディブラスを拒否する。彼はペテン師であると言う。さらに女性が男性と国家を支配すべきであり、また事実支配していると言い、これで詩は終る。

さてこのように要約を書いてみると、いかにもドタバタ喜劇であるという印象を受ける。一つの出来事と次の出来事の因果関係はそれほど重要ではなく、読者はひとつひとつのエピソードを、観賞すればよいのであると思う。詩行が多い割には行為が少ないのも特徴である。つまりそれだけせりふが長いのである。これは三日間の出来事ということになっているが、これもそれほど重要であるとは思えない。よほど注意して読んでいないと気づかないことである。

ヒューディブラスとラルフォーにドン・キホーテとサンチョ・パンザの姿が重なっていることは容易にわかる。また詩全体が卑小な人間の行為を英雄的に描いている点で、構成において部と篇に分け、さらに各篇に梗概をつけている点で、この詩が擬似英雄詩（モック・ヒロイック）と呼ばれてよいことも明らかである。内容と形式においてバトラーはロマンスを諷刺している。さらに詩形は弱強四歩格で二行ずつ韻をふんでいるが、その韻のふみ方は、ヒロイック・カプレットをもじるが如く、生硬ちないのである。

さて『妖精の女王』第二巻は「節制」を具現するガイアン卿の冒険を語るが、その第二篇十七にヒューディブラス卿が登場する。バトラーのヒューディブラスはこれに基づいている。ガイアン卿は三人姉妹が住む城にやってくる。三人は平等にこの城を受け継いでいるが、それぞれ気質がまるで異なっている。お互いを敵視し日々不和が続いている。最年長の姉と最年少の妹が争い、同時に二人は真ん中を敵視している。

さてガイアン卿を迎えるのは真ん中の娘メディーナ（Medina）であり、これはラテン語 medium に由来する語である。"A sober sad, and comely curteous Dame"（真面目で礼儀正しい、しとやかな乙女）（十四第五行）と書いてある。最年長の姉エリッサ（Elissa）はその名がギリシャ語"elasson"（欠乏）から来ていることでもわかるように、すべての楽しみを嫌う（注9）。ヒューディブラスが求愛するのはこの女性である。最年少のペリッサ（Perissa）は、逆に楽しみを求める女性であり、これに求愛するのが、同じ性格の騎士「法無き者」である。

I・ジャック（Ian Jack）は「バトラーのヒューディブラスは、実際に値する以上に有名であり、智恵よりもむしろ力があり、真の勇気よりも憂うつ（この文脈では狂気）によって鼓舞されている点で、スペンサーのヒューディブラスに似ている」と言っている（注10）。これはその通りであると思う。さらにスペンサーのヒューディブラスは「輝く甲冑」を身につけていたとある（十七第九行）。それを身につけているのはヒューディブラスだけであることと、それが"endurance"あるいは"hardness"を表していることが指摘されている（注11）。とすればそれも、バトラーのヒューディブラスが体現する独特の粘り強さ（無知から生ずるものであれ）と結びついているように思えるのである。

I・ジャックはさらにすすんで、王党派は最も若いペリッサと求愛者「法無き者」に似ており、ピューリタンである議会派はエリッサとその相手ヒューディブラスに例えられ、そして詩人自身は「節制」の立場を支持していると言っている（注12）。わたしはこれをおおむね受け入れることができるが、ただ王党派とペリッサおよび求愛者の立場はどうであろうか。もしその関係が明らかになれば、バトラーは王党派の立場からのみこの作品を書いたのではない、というわたしの立場を支持することになり、その点では興味深い。だが、このように三方が明確に三姉妹に代表されている、というのは、あまりにきれいな解釈に過ぎると思う。現実はもっと複雑だったのであり、その複雑さが詩に反映されていると考える。

三

ここで具体的詩行をみてみよう。まず第一部第一篇の冒頭である。

WHEN civil Fury first grew high,
And men fell out they knew not why;
When hard words, Jealousies and Fears,
Set Folks together by the ears,
And made them fight, like mad or drunk,
For Dame Religion as for Punk,
Whose honesty they all durst swear for,
Though not a man of them knew wherefore:
When Gospel-trumpeter, surrounded
With long-ear'd rout, to Battel sounded,
And Pulpit, Drum Ecclesiastick,
Was beat with fist, instead of a stick:
Then did Sir Knight abadon dwelling,
And out he rode a Colonelling.

(I, i, 1－14)

内乱の嵐が初めて吹き荒れて／訳も分からぬいがみ合い／流行文句の疑惑と恐怖で／皆争いに駆り立てられ／酔っ払いや気違いに似て／何も分からず喧嘩して／女郎の身持ちや貞女めかした／宗教の操まで保証した時／耳長族に囲まれて福音吹聴する者が／戦闘合図のラッパを吹いて／太鼓の代わりに説教壇を／撥ではなくて拳で叩けば／我らが騎士は故郷を後にし／連隊長としていざ出陣

第一行からバトラーはこの詩がピューリタン革命に関する詩であることをはっきり指摘している。第二行に関しては、後に革命当時の市民の姿が描写される箇所（一・二・五二一―五四）で具体的にされるが、「訳も分からぬ」ままに争っているというのが実状だったと思われる。第六行では"Dame Religion"がたちまち売春婦と同等に扱われている。「操」云々と言っているのは、ピューリタンが国教会を「浄化する」（purify）と主張したことに言及している。ピューリタンが主張する宗教の純潔は売春婦の純潔と同様である。ピューリタニズムの実態は、純潔とは正反対だ、と語り手は言っている。ただ"Punk"（6）は露骨な感じがする。バトラーの諷刺がすべて露骨なのではないが、ここはきびしすぎてユーモアが感じられない。それほど詩人の敵意が強いということであろうか。第九―十二行は説教者が説教する熱意がそのまま人々を戦いに駆り立てるさまである。

このように冒頭からピューリタンに対するきびしい諷刺が見られるが、この場合バトラーにとってピューリタンはすでに過去の存在であることを、認識しておく必要があると思う。この詩第一部の執筆は一六五八年頃から一六六〇年にかけてと考えられている（注13）。すなわち、クロムウェルが護民官になったのが一六五三年、他界したのが一六五八年であるから、長老派と独立派が勢力争いをしたのは『ヒューディブラス』執筆当時から見れば、過去の出来事である。バトラーは過去のメモをもとにしてこの詩を書いている。書いている目の前にはもう長老派も独立派もいない（注14）。このことは詩の調子と関わってくる。すなわち、人間の過去の愚行を、諷刺として表現できるときが来たから表現している、という姿勢が感じられる。詩人の姿勢は後向きである。決して前向きではない。

さて序言に続いてヒューディブラスの紹介があるが、これが内面と外観に分かれている。一般的紹介（十五―六四）の後、論理学について（六五―八〇）、修辞学について（八一―一一八）、数学（一一九―一二六）、哲学者として（一二七―八六）、宗教について（一八七―二三四）、それぞれ紹介があるが、これが内面に関する紹介である。言うまでもなく論理学、修辞学、数学、哲学はヒューディブラスの学識に属することであり、同じ内面とはいっても、最後の宗教とは異なっている。

次に外観であるが、まず顎髭について（二三九―八四）、背中について（二八五―三〇二）、胴着（三〇三―六）、半ズボン（三〇七―四八）、剣と短剣（三四九―八八）、拳銃について（三八九―九六）となっている。さて以上の内面と外観の列挙をみても、このような主人公を中心とする詩を書く難しさがよくわかる。すなわちヒューディブラスは長老派の連隊長であり、モック・ヒロイックの主人公でなければならない。ジョンソンも言っているごとく（注15）、詩人はまるで関係がないこれら二つの要素を、ひとりの人間の中に持たせなければならない。細かいことに理屈をつけ知識をひけらかす長老派と、およそ騎士らしくない騎士としての滑稽な姿が、ひとつになっている。ただし、長老派がみなヒューディブラスほど多方面の知識に通じていたかという疑問は残る。だが強調点は何でもないことを誇張したり、白を黒と言ったりして自分の主義主張を通そうとする長老派ピューリタンの偽善を暴露するところにある。

さて、先に長老派がみなヒューディブラスほど多方面の知識に通じていたかという疑問は残ると言ったが、ワイルダーズは初期長老派の多くは大学人であり、ヒューディブラスはその典型であることを指摘している（注16）。さらにワイルダーズは、論理学、修辞学、数学、哲学が、当時の大学教育の基礎である三学（文法、論理学、修辞学）、四科（算数、幾何、天文、音楽）、哲学におおむね該当するとしている。

ここでバトラーは学識自体を諷刺しているのかという問題がでてくる。バトラーの立場が経験論の立場であってみれば、彼が抽象的な学問を批判するのはわかる。その批判精神はあるけれども、さらに抽象的学識を用いて都合よく自己を正当化するところが、バトラーには鼻もちならないのである。

He was in Logick a great Critick,
Profoundly skill'd in Analytick,
He could distinguish, and divide
A hair 'twixt South and South-west side:
On either which he would dispute,
Confute, change hands, and still confute.
(I, i, 65 – 70)

論理学の批評にかけては名うての達人／特に分析論理の名人だった／南西と南の間に横たわる髪の毛一本に／至るまで識別分割はお手のもの／ある立場に立って論じて反駁／立場を替えてまた反駁

ここで"change hands"と言っているのは、後で宗教を論じて"The self-same thing they will abhor / One way, and-long another for. / Free-will they one way disavow, / Another, nothing else allow." (I, i, 217–20)（同じことでも憎んでみたり／別のときには欲しがったりで／自由意志を否定はするが／それしか認めぬこともある）という箇所にその具体例がみられる。

修辞学に関する諷刺のうち、第九三一―一〇六行は国教会聖職者に対する諷刺であり、第一〇九―一一四行はピューリタンに対する諷刺である（注17）。すなわち国教会牧師は形式的、学問的であり、ギリシャ語、ラテン語、ヘブライ語の引用が多かった。一部を引用すると「バビロニア方言のピジン英語で／知ったか振りの好むもの……ギリシャ　ラテンを裁断し　仕立て上がったエゲレス語……こいつの戯言三人の／バベルの土方のがなり合いあるいはケルベロスの三つの頭が／一斉に三つの言葉を喋るよう」（九三一―一〇四）（A Babylonish dialect, / Which learned Pedants much affect . . . 'Twas English cut on Greek and Latin . . . Which made some think, when he did gabble, / Th' had heard three Labourers of Babel; / Or Cerberus himself pronounce / A Leash of Languages at once.）"Babylonish", "Babel", "Cerberus"と堕落を暗示する語が並んでいる。Babylonはラテン語であり、ヘブライ語でBabelとなる。堕落のイメージと言語の乱れのイメージが重なることになる。三つの言語から言語の乱れへ、さらにバベルへと連想することは容易である。それを三つの頭をもつケルベロスと結びつけるのは、鋭い機知であると思う。

さてワイルダーズの言う如く、ここで国教会聖職者が諷刺されているとすれば、まさにそれはバトラーが党派心からピューリタンのみを、諷刺しているのではないことを証明する。またヒューディブラスはあくまで長老派であるから、形式は長老派であるヒューディブラスを対象にして、実際は国教会を諷刺していることになる。さらにBabylonにはローマ法王職という意味もあり、またローマ・カトリック教会の神父たちが知識をひけらかせたことは十分考えられるので、ローマ・カトリック教会もついでに諷刺されているとも考えられる。

バトラーに信仰心がなかったのではない。宗教に対する彼の態度が完全に懐疑的であったのではないことを、ワイルダーズは指摘しているし（注18）、E・A・リチャーズは、バトラーが一部不可知論的、一部理神論的な信仰を有していたと言っている（注19）。だが人間の信仰は不安定であるし、容易に神を知ることはできない。いろいろな言語を振りまわして、不確かなことを確かであるかの如く語ることをバトラーは嫌悪したのであろう。

こうして学問を振りかざす国教会聖職者を諷刺した詩人は、「蓄えた有象無象のボキャブラリー／ポンポンポンと打ちまくる／言葉の突撃支援のための／補給は莫大無尽蔵」（一〇五―八）と続け、さらに「なぜならほとんど頭を使わず／新語を次々偽造するから／あれほど下品で耳障りな語は／口にする者まずあるまい／大きな声でまくしたてると／無知蒙昧なる者は慣用語でも聞く思い」（一〇九―一四）“For he could coyn or counterfeit / New words, with little or no wit: / Words so debas'd and hard, no stone / Was hard enough to touch them on. / And when with hasty noise he spoke 'em, / The Ignorant for currant took 'em.”と言う。ここではピューリタンの語法が諷刺の対象である。国教会聖職者ほど学問的ではないが、ピューリタンは、英語の複合語からなる特徴的なわけのわからぬ語を用いた（注20）。英語がギリシャ語やラテン語と混合になっているにしろ、ひとりよがりの新語にしろ、言語の混乱という点では共通している。常識という立場からみると、どちらもおかしい。ここで“The Ignorant”（114）という語が見えるが、これも感情を露骨に表現している例である。

さてこの後は、数学、哲学と続くのであるが、こうして大学人である長老派を諷刺しつつ、バトラーは自分自身の学識を示しているのだと思う。では読者はそのことに不快感を覚えるかというと、そうではない。

かえって興味をそそられる。それは何故か。それはバトラーに野心がないからである。この作品においては作者バトラーと主人公の間にほとんど距離がない（注21）。また作者と語り手の間にもあまり距離がない。これまでにいくつか表現の露骨な部分を指摘したが、それは多くはない。そして露骨なのは敵意あるいは悪意であって、野心ではない。この詩全体に、野心がなく幻滅した者の知恵が脈々と流れていることが指摘されている（注22）。

たとえば諷刺詩ではないが、グレイの「田舎の墓地で詠んだ挽歌」のような詩では、主人公である語り手と作者は異なることはよくわかるし、また読者にそれをわからせる工夫がある。そしてそれにもかかわらず作者グレイの気持ちが何となくわかってしまうことがある。バトラーの詩にはそのような工夫がない。語りの部分はバトラーがそのまま語っているようである。それなのに、あまり不快感を覚えないのは、ひとつには作者に不朽の名作を残すといった野心がないためであろう。野心がないことが好結果をもたらしていると考える。

四

バトラーがヒューディブラスに関して最も諷刺したいのは、彼の宗教であろう。これは四八行に及んでいる。（一八七―二三四）

For his Religion it was fit
To match his Learning and his Wit:
'Twas Presbyterian true blew,
For he was of that stubborn Crew
Of Errant Saints, whom all men grant
To be the true Church Militant:
(I, i, 187–92)

宗教とても／学問才知にお似合いの／純正至極の長老派／教会の戦士と誰もが認める放浪の／激越な騎士たちの屈強な群れ／その一員が彼だった

"The Church Militant"は「地上におけるキリスト者たち」の意味である。"Militant"という語が用いられているのは、団結してこの世の悪と戦うという意味が含まれているのであろう。同時にバトラーはここで福音書の観点から、教理と教会政治においてどちらが正しいかに関する国教会と長老派の論争に言及している（注23）。それがついに武力衝突に至ったことも、"Militant"の中に含まれている。『失楽園』第二巻第四九六―五〇二行に、"O shame to men! Devil with Devil damnd / Firm concord holds: men onely disagree / Of Creatures rational, though under hope / Of heav'nly Grace; and God proclaiming peace, / Yet live in hatred, enmitie, and strife / Among themselves, and levie cruel warres, / Wasting the Earth, each other to destroy:"（おお恥ずべき人間よ。呪われし悪鬼は悪鬼と固く団結している。理性的被造物の中で人間のみが不和である。天来の恩寵が与えられる希望はあり、神は平和を宣言しておられるのだが。だが、人間はたがいに、憎しみと敵意と争いの中に生き、残酷な戦争をおこして地球を荒廃させ、相互に殺し合っている）という一節がある。バトラーもミルトンも同じ思いであった。

上記の続きを引用しよう。

Such as do build their Faith upon
The holy Text of Pike and Gun:
Decide all Controversies by
Infallible Artillery;
And prove their Doctrine Orthodox
By Apostolick Blows and Knocks;
Call Fire and Sword and Desolation,
A godly-thorough-Reformation,
(I, i, 193 – 200)

連中は矛槍と銃という聖句の上に／信仰打ち立て／議論なら何であろうと／無謬の砲列で片付ける／おのが教義こそ正統と示すには／いかにも使徒らしく叩く殴るでやってのけ／炎と剣と荒廃とを　神の御旨に叶う／徹底した改革と呼称する

いうまでもなく、戦争のイメージが並んでいる。主義の相違を武力で解決するとは何事かと言わぬばかりである。

この後はヒューディブラスの外観（二三九―三九六）、乗馬の様子（三九七―四一二）、ヒューディブラスの馬（四一三―五〇）と続くが、ヒューディブラスとの対照の意味でそれに続く従者ラルフォーの様子を、先に見てみよう。彼は独立派である。最も大きな特徴は「新しい光」とか「賜物」と呼ぶ神の啓示を強調することである。

His Knowledge was not far behind
The Knight's, but of another kind,
And he another way came by't:
Some call it Gifts, and some New light;
A Liberal Art, that costs no pains
Of Study, Industry, or Brains.
(I, i, 473 – 78)

知識は我らが騎士に遅れをとらぬ／ただその種類は異なった／騎士とは違うやり方で手に入れたこの知識／賜物と呼ぶ者もあり新しい光と呼ぶ者もある／自由なる学問で／勤勉も努力も頭脳も不要

「賜物」あるいは「新しい光」は個人に対する神の啓示であるから、他人が入りこめない領域である。が、バトラーは『人物評』において、「狂信者」（A Fanatic）の項目の下に、「狂信者は自分の能力と仮定するものを賜物と呼ぶ。そして、信心深い用途のために造られた土台にふさわしく、自分の身の振り方を決める。もっとも同類である他の能力同様、それらは常に他の目的の方に転じられるのだが。乞食が貧困のおかげで施し物を得るごとく、狂信者は無知のおかげで賜物すべてを得るのである」と言っている（注24）。要するにバトラーは「賜物」や「新しい光」を頭から信用していない。無知、無教養であるから普通あるいは普通以下の能力を大げさに言い立てているだけだ、と独立派を諷刺する。"Supposed Abilities"であるからまともに能力とも言えないような代物だという感じである。

そもそもバトラーは信仰の上に理性が位置すると考えている。信仰と理性の関係について彼はこう言っている（注25）。「信仰は理性について何も決定できないが、理性は信仰について決定できる。したがって（そう考える者たちがいるように）信仰が理性の上位にあるならば、そのように外観を見せかけさせるのは、理性のみに相違ない」この後半の論理は面白い。説得力もある。だが、万一信仰が理性の上にあるとしても、その差異は小さい方がよい。「さもなければ、すべての時代の神学者とスコラ哲学者ができるだけ信仰を理性に近づけようとして、あれほど苦労しなかっただろう。信仰の存在自体が理性に依存している。なぜなら非理性的生物は信仰を持てないから」この最後の文も説得力がある。続けてバトラーはこのように言っている。「もしこれを認めないならば、信仰が無知によることを認めざるを得なくなる。その方が具合が悪い。誰も無知であるという理由以外では信じないから。が、信仰は個人によって異なる。ある人の信仰は別の人の知識かもしれない。したがって、誰しも無知であればあるほど、信じなければならなくなる」

このような文を読むと、バトラーが一部理神論的で一部不可知論的であると言われる理由がわかってくる。このように考えるから、神の啓示として「自分の能力と仮定するもの」を「新しい光」とか「賜物」とかいっても、バトラーは信用しない。要するにそれは無知、無教養を表現しているにすぎないと考えるのである。

さて第五二三行に始まって第五六四行までラルフォーの練金術嗜癖が諷刺されている。

For mystick learning, wondrous able
In Magick, Talisman, and Cabal,
Whose primitive tradition reaches
As far as Adam's first green breeches:
Deep-sighted in Intelligences,
Idea's, Atomes, Influences;
And much of Terra Incognita,
Th'Intelligible world could say:
(I,i,523－30)

神秘学　魔法に呪い札にカバラにと／深く精しく通じていた／その古来の伝統は／アダムがはいた最初の緑のズボンに遡る／霊やイデアやアトムなど／また星の影響についても炯眼の士／未知の分野も／既知の世界のように語り得た

この箇所はトマス・ヴォーンを中心とする錬金術師たちに対する諷刺と考えられる（注26）。神秘思想はルネサンス期にかなりの流行をみたのであり、イギリスではロバート・フラッドとトマス・ヴォーンが代表的唱道者であった。だから錬金術に関心を示したり、信じたりする者は珍しくなかった。事実、ニュートンの手稿のかなりの部分が錬金術関係であったと言われている。だが、バトラーはそれをまったく信用しなかったのである。

ここで疑問は独立派と錬金術はどう関わるかである。結論からいえば、あまり関係はないだろう。バトラーは信用しなかったにせよ、練金術は学問であり、独立派は大部分無教養の人たちであった。ここでは便宜上ラルフォーの中に練金術信奉者を見たてて、それを諷刺している。先にヒューディブラスに国教会聖職者の特徴を持たせて、それを諷刺したのと同様である。『人物評』の中の「練金術者」の内容とこの詩の部分とに重複が多いのであるが（注27）、練金術と分派主義のつながりを示す表現はほとんどない。「練金術者」に次の一文がある（注28）。「彼ら（練金術者たち）は悪鬼たちと直接文通している。そして悪鬼たちの教会、市民、軍事規律を完全に説明することができる。彼らの忠告によって悪鬼たちは最近政府の改革を試みた。つまりすべてを混乱に陥れることだが、それこそ彼らの間では最大の秩序なのだ」と。ここでは練金術者たちのオカルティズム、すなわち霊界の悪しき存在との関係を諷刺し、ピューリタンを諷刺するためにピューリタンを悪鬼に見たてている。つまり、練金術者とピューリタンを同一視する表現はないのである。

練金術者と独立派を関係づける表現は「練金術者」の最後に出てくる「神の啓示」という表現であろう（注29）。「だが最大の自信と確信に満ちた推定によって多くの規則、きまりを与えた後で彼ら（練金術者たち）はあなたに言うだろう。この技術は神の啓示による以外は獲得できないのである、と」ここでいう技術はあくまで練金術であり、分派主義者たちの言う「賜物」や「新しい光」ではない。が、バトラーはいずれも信用しなかった。つまりここにも、対象がピューリタンであろうと、練金術であろうと、信用しないものは信用しない、というバトラーの公平な思考が見られると考える。

五

ここですこし目先を変えて、諷刺というよりも滑稽あるいは喜劇の要素が勝っていると思われる箇所に、目を向けてみよう。

まず最初はヒューディブラスが愛馬にまたがるところである。

Thus clad and fortify'd, Sir Knight
From peaceful home set forth to fight.
But first with nimble active force
He got on th'outside of his Horse.
For having but one stirrup ty'd
T'his saddle, on the further side,
It was so short, h'had much ado
To reach it with his desperate toe.
But after many strains and heaves,
He got up to the saddle eaves.
From whence he vaulted into th'seat
With so much vigour, strength, and heat,

That he had almost tumbled over
With his own weight, but did recover,
By laying hold on tail and mane,
Which oft he us'd instead of Reyn.
(I, i, 397–412)

かく防備を固めた騎士殿は／平和な故郷からいざ出陣／だがまずは敏捷にきびきびと／またがったり愛馬の馬上／ついている鐙は一つだけ／向こう側の短いやつで／必死に足指かけようと／ひどい骨折り大騒ぎ／何度も身体を持ち上げて／やっと届いた鞍の端／そこから鞍に飛び乗ると／精力　体力　熱意をこめすぎ／危うく向こうへ落ちかかる／しかし尻尾とたてがみを／手綱代りにしっかと掴み／やっとのことで身を立て直す

"ado-toe"（403–4）や"over-recover"（409–10）といったややぎこちない韻のふみ方は、ヒューディブラスの動作を暗示しているようである。ピューリタンである騎士を戯画化しているのであるが、ここにはピューリタンに対する敵意云々というよりも、むしろ滑稽が強く感じられる。ここで注意すべきは、馬鹿々々しくはあるが無視できない、主人公ヒューディブラスの独特の真面目さである。妙に真面目でわけがわからぬところが笑いの対象となっていると言える。

この続きにヒューディブラスの馬の話が出ているが、これにも滑稽が多く感じられるので、引用してみよう。

But now we talk of mounting Steed,
Before we further do proceed,
It doth behove us to say something,
Of that which bore our valiant Bumkin.
The Beast was sturdy, large and tall,
With mouth of meal and eyes of wall:
I would say eye, for h'had but one,
As most agree, though some say none.
He was well stay'd, and in his Gate
Preserv'd a grave, majestick state.
At Spur or Switch no more he skipt,
Or mended pace, then Spaniard whipt:
(I, i, 413 – 24)

乗馬の話をするからは／先に話を進める前に／われらが間抜けな武人の馬のこと／当然ながら言っておこう／大きな奴で頑丈で／口に挽き割り　両眼に角膜班／いや大抵の人が言うごとく／一つ眼としよう　眼は無いという説もあるのだが／耐久力のある馬で／歩の進め方は威風堂々／拍車かけられ鞭打たれても　笞刑をうける／スペイン人同様跳んだり走ったりしなかった

この主人にしてこの馬ありと言ったところである。ここにも特に悪意、敵意は感じられない。バトラーの諷刺が敵意にもとづいている以上、それは時にしつこい感じを与えて、読者を疲れさせることがある。諷刺とはそういうものだとも言える。だがそのようにしつこい諷刺が続くなかで、このように滑稽な状態の描写は解放である。読者は底意地が悪いようなものを感じないで、ただ笑ってすますことができる。

言うまでもなく、この馬は主人公そっくりである。図体は大きく、外観は魅力なく、「耐久力のある」つまり、妙に強情で粘り強く、鈍感だから拍車も鞭も役に立たない。この作品において「諷刺と楽しい喜劇は、主人公の扱い方に見られるごとく、不安定に共存しつつ交替する傾向にある」ことをファーリ・ヒルズは指摘している（注30）。それらが交替するかどうかは私には確信はない。だが、悪意のない喜劇がこの詩にあることは確かである。それは基本的に主人公の真面目さと結びついている。それは第一部第二篇における熊いじめ関係者たちとの対決、第三篇における女傑トララとの対決にも見られる。バトラーが意識して憎めない一面を主人公の中に持たせたのか、あるいはバトラー自身の性格にそのように善良な一面があって、それが無意識のうちに主人公に反映されているのか。私には後者のように思えるのである。

【注】

（1）以下、バトラーの略歴に関しては、John Wilders, ed. *Samuel Butler: Hudibras* (London: Oxford UP, 1967) Introduction pp. xiii－xxi による。
（2）Peter Cunningham, ed. *Samuel Johnson: Lives of the Most Eminent English Poets* Vol. I. (London: John Murray, 1854), 178.
（3）David Farley-Hills, *The Benevolence of Laughter* (Totowa, N.J.: Rowman & Littlefield, 1974), 43.
（4）Farley-Hills, "Preface" vii.
（5）Hugh de Quehen,ed. *Samuel Butler: Prose Observations* (London: Oxford UP, 1979), 59－60.
（6）この考えの多くは前述のファーリ・ヒルズの著書に啓発されたものである。ただしファーリ・ヒルズが言うほど、笑いあるいは喜劇の有難みがあるとは考えない。
（7）Wilders, Introduction xxix.
（8）Earl Miner, *The Restoration Mode from Milton to Dryden* (Princeton:Princeton UP, 1974), 163－65.
（9）A. C. Hamilton, ed. *Spenser: The Faerie Queen* (1977; London & New York:Longman, 1990), 189.
（10）Ian Jack, *Augustan Satire* (1942; London: Oxford UP, 1965), 15.
（11）Hamilton, 186.
（12）Jack, 16.
（13）Wilders, Introductiion xlvi.
（14）C. W. Previte-Orton, *Political Satire in English Poetry* (1910; New York: Russell & Russell, 1968), 85.
（15）Cunningham, 179－80.
（16）Wilders, 323.
（17）Wilders, 324.
（18）Wilders, Introduction xxv.
（19）Edward A. Richards, *Hudibras in the Burlesque Tradition* (1937; New York: Octagon, 1972), 5.
（20）Wilders, 324.

(21) Farley-Hills, 64–65.
(22) Previte-Orton, 87.
(23) Wilders, 327.
(24) A. R. Waller, ed. *Samuel Butler: Characters and Passages from Note-Books* (Cambridge: The UP, 1908), 85.
(25) de Quehen 67.
(26) Wilders, 332.
(27) Wilders, 332.
(28) Waller, 102.
(29) Waller, 198.
(30) Farley-Hills, 65.

第二章　『ヒューディブラス』における熊いじめ

一

『ヒューディブラス』第一部第二篇において、主人公ヒューディブラスと従者ラルフォーが熊いじめの現場に遭遇するエピソードがある。この詩にはあまり多くのエピソードは語られない。熊いじめのエピソードは内容的に重要であり、用いている行数も多い。簡単に筋を述べれば、第二篇では二人は熊いじめの現場に来合せ、一席ぶってから熊いじめ関係者たちを攻撃し、偶然に勝利を収める。二人は相手方の一人、ヴァイオリン弾きのクロウデロを捕えて晒し台につける。第三篇では関係者たちが二人を逆襲し、女傑トララはヒューディブラスを征服する。クロウデロは救けだされ、代わりに二人が晒し台につけられる。

熊いじめとは、つないだ熊に猛犬をけしかける娯楽であり、十六、十七世紀にイギリスで流行した。熊の代わりに牛が用いられることもあった。ピューリタンたちはかねてから、この遊びは残酷であり、また闘技場で悪徳がはびこるという理由でこれを非難していたが、一六四二年議会でこれを違法としたのである。この意味ではヒューディブラスの熊いじめ非難には歴史的裏付けがある。だからヒューディブラスがここで諷刺されているとすれば、ピューリタンが諷刺されていることになる。だがこのエピソードにおいて諷刺されているのはピューリタンだけではない。ウォサマンはこの詩全体をピューリタンに対する諷刺というよりも、人間（全体）に対する諷刺として受け取っている（注1）。私もそれは妥当であると考える。では、それは具体的にどのように表現されているか。また、このエピソードにおいて諷刺と喜劇あるいは滑稽はどのように絡み合っているのか。特にヒューディブラスとトララの対決においてそれはどのように表現されているのか。また詩全体におけるこのエピソードの機能はどのようなものか。このような観点から熊いじめのエピソードについて考えてみたいと思う。

二

このエピソードはまず熊いじめが行なわれる町の設定から始まる。第一部第一篇第六五九行である。「西の方に町がある／住人にはよく知られた町／したがってこれ以上述べる必要はない／読者を住人のところに調べに行かせよう」"In Western Clime there is a Town / To those that dwell therein well known; / Therefore there needs no more be sed here, / We unto them refer our Reader:"（I, i, 659–62）何でもないことのようであるが、このような言い方でエピソードと特定の町を結びつけることを避けている。同時に主人公が連隊長としておもむこうとしている内乱とは関係がない独立したエピソードの導入に成功している。すなわちこのエピソードのためだけの別世界がうまく示されているのである。

さて熊いじめを中止させようとするヒューディブラスは、実際に熊いじめを禁止したピューリタンを代表している。そのときの気持ちは「犬と熊の間の平和を保つため／騎士殿は迂回して戦場に赴くこととする／良心からも任務からも／そうせざるを得ないと考えたからだ」“Thither the Knight his course did stear, / To keep the peace 'twixt Dog and Bear; / As he believ'd h' was bound to doe / In Conscience and Commission too.”（I, i, 703–6）と書いてある。これをヒューディブラス自身のことばで表現すれば、「キリスト教徒の血を流さずに／懇請と親切による調停で／争いに終止符を打ち／戦わずして血腥い決闘を／収められるかどうかやってみるのがよいと考えた……だがこのような争いに我々ばかりか犬と熊も／加わらねばならないのか」（一・一・七二一―三二）となる。

言うまでもなくヒューディブラスはここではやくも内乱と熊いじめを結びつけている。支離滅裂な論理を展開している。だがもしこれをヒューディブラスの善良性に注目して解釈したらどうだろう。彼は流血を嫌って内乱を和平に導こうとした。だが、血は流された。せめて熊と犬の争いだけはやめさせねばならぬ。“But in that quarrel Dogs and Bears, / As well as we, must venture theirs?”（I, i, 731–2）馬鹿々々しいことばではあるが、期せずしてここには、作者バトラーの流血嫌いと人間も動物もあまり相違はない、場合によっては動物の方が賢明で、価値があるという考えが含まれている。バトラーにとってロマンスとは「大男が戦いで殺される……袈裟懸けに切られ　幹竹割りにされ／頭まで叩き割られてしまう」ことにすぎない。人間と動物の関係についてヒューディブラスが熊いじめは「我々人間の崇拝の的であった獣が／逆に我々人間を崇拝するためでもない」（一・一・七六五―六）と言って、動物の方が人間よりも上位にいるごとき意味を含ませている。また、「我々だって立派な動物」“We are Animals no less”（I, i, 855）と言っている。

これに対してラルフォーの立場はどうか。彼も熊いじめに反対であるが、その理由は三つある（一・一・七九五―八一四）。まず名称について。「熊いじめ」ということばは聖書のどこにも見当らない。聖書に書いていないから違法である、というのはいうまでもなく、ピューリタン神学者たちの中で厳格なファンダメンタリズムを奉ずる者たちへの諷刺である（注2）。次は「熊いじめ」という事柄それ自体であるが、これも同様に聖書に登場しないから違法である。だがラルフォーは党派主義者として、熊いじめを批判すると同時に、長老派の諸集会を批判する。すなわち「何とも怪しげな『集会』で／『地方・代表者・全国集会』などと同様／聖書で立証するのは無理です」“A vile Assembly 'tis, that can / No more be prov'd by Scripture than / Provincial, Classick, National;”（I, i, 805–7）と言っている。「地方集会」は各州にある集会であり、「中会」は近隣諸教会の牧師と長老からなる集会、「全国集会」はいくつかの地方集会によって選ばれた者たちによって構成されている（注3）。

ラルフォーが熊いじめに反対する第三の理由はそれが偶像礼拝に等しいからである。「人が自分の発明物を／崇めて邪教に迷う」ことであり（一・一・八一〇―十一）、原文に“men run a-whoring thus / With their Inventions”とあるごとく、これは自分の発明物を神よりも重要であるとして発明物相手の淫行に走る、したがって神に対して不貞を行なうという意味からきている。詩編一〇六・三九にもとづいている。

さて長老派教会が批判されているのであるから、ヒューディブラスが反論するのは当然である。ここで面白いのはヒューディブラスがラルフォーの詭弁に気づいて（八二五―六）、それを指摘するところである。通例詭弁を弄するのはヒューディブラスの方であるから。彼は「正しい比較というものは／常に同類に関してなされるものだ」（八四九―五〇）と正論をはくが、これは自分自身に対して言うべきことばである。先に見た如く、彼こそ熊いじめと内乱を同類のものとして論ずるからである。

すなわちヒューディブラスが馬上から熊いじめ関係者に語りかける第一声は「諸君何たる激怒　激情で／かくも恐ろしいことをする／何たる狂乱　逆上で／無駄に血を流すのか／昂ぶるヴァイズの連中は戦利品を誇り／――の亡霊は仇も討ってもらえずさまよっているというのに」（一・二・四九三―九八）となっている。「昂ぶるヴァイズの連中」云々は議会派の立場からの発言である。ラルフ・ホプトン卿率いる王党軍は、ディヴァイジズ（かつてはザ・ヴァイズと呼ばれた）でウォーラー軍に包囲され、降伏を勧告された。が、王党軍はこれを拒否し、オクスフォードからの援軍によって増強され、一六四三年七月十三日ラウンドウェイ・ダウンの戦いでウォーラー軍を破ったのであった（注4）。

以下第六〇八行に至るまで一一六行にわたってヒューディブラスのことばが続くが、バトラーの意図は熊いじめ云々ではなくて内乱の実状を述べることである。だが、この演説、特に冒頭において繰り返して用いられている語とその縁語は「血」（bloud）である。拾ってみると“Makes you thus lavish of your bloud”（I, ii, 496），“With hazard of this bloud subdue”（500），“Shall Saints in Civil bloudshed wallow”（503）さらにすこし離れて“The bloud and treasure that's laid out”（519）とある。バトラーにとっては（そして他にも同様の考えをもった同時代人がかなりいたと想像されるが）内乱と聞けば、どちらの主張する教会政治がどうであるとか、王権がどうであるとかいうよりも、何よりも強い思い出は流血であった。教会に関して言えば、「三人寄れば教会をどこに建て／またどのようにと議論して意見が分かれる」（一・二・六四七―八）のが常である。「聖徒たちが内輪もめで血の中を転げ回り／大義は眠らせておいてよいのだろうか」（一・二・五〇三―四）というヒューディブラスのことばには、作者の思いがそのまま反響しているようである。

バトラーにとって何ともやりきれないのは、これが同胞同志の流血（Civil bloudshed）であることである。『散文記録』によればバトラーは戦争について「戦争とは人間性の中断である。市民的正義に対する妨訴抗弁であり、剣の判決に訴えること」であると言い、最後に「それは内乱であるときに最も野蛮になる。なぜなら、内乱においては当事者は特別の敵意と論争でやりとりされる挑発で刺激されるから。これは外国との戦争では決して起らないことである」(注5)と言っている。

第二篇のはじめに熊いじめ関係者たちのカタログがあるが、それに先立ち、梗概に続いて序にあたる部分がある(一・二・一―四四)。ここに作者のロマンスに対する考えが表現されている。「ロマンスといえば戦いと愛の他には何もない/この詩は愛には縁がないが/戦の方は目白押し……/作家たちにも咎はある/響きの良い名を現代の/騎士連中の手本にして/戦場でも喧嘩騒ぎでも真似させる」(一・二・五―十四)とバトラーは言うのであるが、この作家とはロマンスの作家のことである。『人物評』に「ロマンス作家」という項目があり、「ロマンス作家は古い歴史をひきずり下ろし、自分が企てる新しいモデルにしたがって、それをもっと立派なものにつくりかえる。彼はもっとふさわしい人生の教師とするため、歴史上の真理の光をすべて取り去る。真理自身は世事とほとんどあるいは全然関係がないから。もっとも、最も重要な事柄は彼女の名においてなされたふりをされるのだが」とある(注6)。

要するにバトラーは流血、暴力沙汰が嫌いなのである。それは戦争であっても喧嘩であっても変りはない。ロマンスに登場する騎士の武勇伝もよくない。単なる流血、殺人を美化して述べているだけのことである。

三

さてヒューディブラスの武勇がどの程度であるか、よくわからない点もあるが、彼は彼なりに勇気のある騎士である。ジョンソンのことばに「彼ら（長老派）の剣は軽蔑すべきものではなかった」というのがあるが（注7）、すくなくともヒューディブラスは戦いを前にして逃亡したりはしない。言い換えれば、例えば彼とトールゴルの戦いは、血腥いものになる可能性を持っている。だがいろいろな工夫があって血腥さは避けられる。この場合は武器であるピストルが役に立たないし、ヒューディブラスが偶然に熊の上に乗ってしまうのである。最後に捕虜としたヴァイオリン弾きの助命をすすめるのはラルフォーである。

第一部第二篇第四九三行以下にあるヒューディブラスの演説で、バトラーは内乱の実状を述べようとしていると言ったが、ここでその内容を吟味してみよう。まず王権と個人としての王の意志の問題である。

For as we make War for the King
Against himself, the self-same thing
Some will not stick to swear we doe
For God, and for Religion too.
(I, ii, 513 – 6)

王権は支持するにしても／個人としての王は敵として我らが戦う場合に／これが神と宗教支持のためなら／戦わないという

者もいる

"make War for the King / Against himself"は短い表現であるが、いかにも内乱時の複雑な思考をあらわしている。すなわち、国王の王権と個人的意志は区別し得るという教理があり、王権を支持しつつ国王相手に武器をとるという議会側の主張を正当化するのに用いられた。王権は適切な経路によってのみ行使され得るのであり、国王と議会が分離したとき、彼は個人としてのみ行動したと考えられた（注8）。これは論理としては一応筋を通して考えられるとしても、実際には国王は一人であったのだから、ややこしい問題だったろう。

もうひとつ一般市民が改革に参加したときの様子が書かれた箇所を見てみよう。訳文でも雰囲気は伝わると思うので訳文のみを引用する。「彼らは宮殿を取り囲んで……声を合わせて恐ろしい叫び声を上げた」のである（一・二・五三一―四）。

鋳掛け屋はやかんの修理をする代わりに
教会規律を解決せよと叫び
動物去勢業者は猫の去勢をするために
角笛を吹くこともなく改革だと叫んだのだ
牡蛎売り女は貝の蓋を閉め
とぼとぼ歩いて主教反対と叫び
鼠取り販売人は節約型燭台を脇において
邪悪な枢密顧問官反対を唱えたのだ

（一・二・五三五―四二）

熱病に冒されたように、と言ったらよいだろうか。一般庶民が深い意味を理解せぬままに議会側に歩調を合わせた有様がほうふつとしてくる。「種々の階層で不思議に気持ちが調和して」（五五三）という表現があるが、何か不思議な、論理では説明しきれないエネルギーが、作用していたと思われる。「それなのにこれがすべてだと言うのか」（五五五）は文中では熊いじめに向けて言われているが、バトラーは共和制に向けて言っているのだろう。大騒ぎした割りには、何もよくなっていないではないか、という思いである。いろいろな職業の人たちが深い考えがないままに、改革に参加したとすれば、もう一方では深い考えがないままに国王を支持していた人たちもいたのである。バトラーにもそれはよくわかっていたのではないか。

四

さてこの作品においては動物と動物のイメージが重要な役割を果たしていることが指摘されているが（注9）、ヒューディブラス・ラルフォー対熊いじめ当事者たちの戦いで、熊のブルーインがどのような役割を演じているかを見てみよう。

マニャーノが薊の棘を従者ラルフォーの馬の尻に叩きつける（一・二・八四三）。驚いた馬は暴れ出してヒユーディブラスの馬に体当り（八四五—五四）。ヒューディブラスはバランスを失なって馬の脇腹に坐っている（八五五—五六）。これを見たトールゴルは彼の足を掴んで投げ上げる（八六〇—六一）。普通ならば地面に叩きつけられるところであるが、ちょうど落ちたところが熊の上で助かるのである（八六九—七二）。熊は驚いて暴れ回り、いましめを外すと群集めがけて突っ込んでいく。

Through thickest of his foes he charg'd,
And made way through th'amazed crew.
Some he o'reran, and some o'rethrew,
But took none; for by hasty flight
He strove t'avoid the conquering Knight,
From whom he fled with as much haste
And dread as he the Rabble chac'd.
(I, ii, 902–8)

敵がもっとも密なる場所に突進し／驚愕する者どもの間を走り抜けた／ある者を踏み躙り　ある者を投げ飛ばしたが／捕虜にはしない　熊が息せき切ったのは／攻め込んできたあの騎士から逃げるため／群集を慌てさせ恐れさせ追いかけながら／自分自身慌て恐れて逃げていたというわけだ

偶然と偶然が重なってこっけいな有様が展開する。気づいてみれば、騎士は失神し、熊いじめ当事者は四散し、熊もついでにいなくなり、血腥い争いは避けられている。支離滅裂に事が展開する様は、時代状況を反映しているとも考えられる。だがここでは、支離滅裂が救いとなって流血が避けられる。熊は逃げ、群集は逃げ、騎士は失神している——悪意のない大笑いを誘うではないか。これはまさに喜劇である。

熊のブルーインがまず登場するのは熊いじめ当事者たちのカタログにおいてである（一・二・二四九—九八）。クロウデロ、オーシン、トールゴル、マニャーノ、トララ、サードン、コウロンと続く中でオーシンとトールゴルの間に出てくる。つまり人間と対等に扱われている。これがまず面白い。

結論から先に言ってしまえば、作者はブルーインを人間よりも好意的に扱っている。例えばクロウデロについては「この戦場で響く楽器は軋るヴァイオリン／首のところに斜めに当てる／絞首刑人が親友に／致命的な輪を掛けるのもまさにその個所」（一・二・一三—六）という表現があって、クロウデロと死のイメージを重ねている。そこには自分で自分の首を絞めるというイメージも重なっている。オーシンについては「この男もおのが医術で／剣の一撃に負けぬ殺しがやれたのだ」（二四七—八）（. . . could kill）とはっきり殺しに言及している。トールゴルは名前自体がイタリア語の tagliare（切る）と gola（喉）から出来ていて（注10）、「彼の鋭利な刃は随分多くの／未亡人や父無し子を作ってきた」（三〇三—四）のである。マニャーノは「手早く人を殺すため考案された／戦いの道具の作り手で」（三五三—四）あった。

こうして見てくると、クロウデロ、オーシン、トールゴル、マニャーノはどこかで殺しのイメージと結びつけられていることがわかる。女傑トララに関しては「掠奪や兵舎の攻撃に当たっては／類稀なる勇気を見せて」（三七五—六）とあるが殺しに直結する表現はない。サードンに関しては「手にする武器は恐ろしくまた鋭くて」（四一七）とある。コウロンについては「残酷至極　良心のひとかけらもなし」（四四四）とある。

このカタログの描写はそれぞれこっけいであるが、ただこっけいでは済まない。笑っているうちにも何か背筋がぞっとするような思いがする。これは以上に指摘したように、殺しと結びついているからだと考える。このような観点からみると、最も温かい扱い方をされているのが、熊のブルーインと女傑トララであると思えてくる。熊が人間よりすぐれているとは言わないけれども、たとえば「肉食獣は歯が剣で／闘争の場ではそれで戦う／逆に人間の戦士は剣が獣の歯のようなもの／それでもって食事をするのだ」（二六一―四）という箇所を読むと、人間がしていることの方が愚かなように聞える。この熊がインドで貴族の婦人と契りを結んで、最も頑健な人間の一族を生み出した（二八三―六）、という話を読んでも、悪意は感じられないのである。考えてみれば、熊と犬は好き好んで喧嘩するのではない。人間に喧嘩させられるのである。カタログの続きに、

主たるこれらのお偉方
それぞれ部隊の指揮を取り
戦士を率い　怒りと武具を身に付けて
今や遅しと戦う用意
数さえ知れぬ烏合の衆が
周囲の国から召集された
（一・二・四七五―八〇）

とある。これは直接的には熊いじめのことを言っているのであるが、内乱を暗示している。すなわちお偉方は軍隊の指導者である。実際「数さえ知れぬ烏合の衆」が召集されたのであろう。熊いじめにおいて人間

たちが熊と犬を敵対させる如くに、内乱においては指導者たちが烏合の衆に戦争させたのである。このように考えれば、ヒューディブラスがヴァイオリン奏者クロウデロ引き渡しを要求する理由もよくわかるのである。すなわちクロウデロは「首謀者にして煽動者／邪悪な楽器の創造者にして演奏者／奏でる曲は俗悪で／友人の間に不協和音を奏でおる」（六六九―七二）者である。自分で喧嘩や流血を起こす者はいけない。だが、他人を煽動して流血に向かわせる者はもっと許せない。

五

さて熊いじめ事件の顛末を語るには、女傑トララの存在が非常に重要であると思われるので、ここでトララを中心にこのエピソードを見てみたい。
まずトララがはじめて言及されるのはマニャーノの愛人としてである。

愛した女は輝くトララ　彼女の騎士の
ぴかぴかの甲冑よりも輝くトララ　フランスの
ジャンヌ・ダルクやイギリスのモールに劣らず
猛々しくて丈高い大胆不敵な女豪傑

（一・二・三六五―六八）

トララ（Trulla）という名前は売春婦を意味する"trull"からつくられているという（注11）。だがこれ以降トララが描写されているところを読んでいくと、それと関連させられるようなイメージは浮んでこない。また売春婦とは関係がなくとも、マイナスのイメージはトララに用いられていない。言い換えれば、否定的イメージは名前だけで、他にはないと言ってよいと思う。では具体的にトララはどのように扱われているのか。

まずトララが女丈夫であることの弁護である。批評家たちは女丈夫を描く作家を非難する（一・二・三七九―九二）。アリストテレスは女性に勇気はふさわしくない、と『詩学』で言っている（注12）。批評家が言うには「かかることは／ミステークにしてナンセンス……『自然』を素裸かにしてみても／こんなものは見つからない　と」（一・二・三九七―四〇二）。これに対して語り手は

そうかもしれぬがトララについての
ありそうにもないことは見た者に証言をさせ
同じく有効なことなのだが
活字にもして公表させよう
我々の言葉をそれでも信じないなら
記録を頼んで立証しよう
（一・二・四〇三―八）

と言ってトララを弁護している。

この言い方は非常に公平、素直である。言い訳がましいところがない。後で見たいと思うが、トララの性格と相通じているように思われる。

まずトララの女性としてのやさしさが表現されている箇所をみてみよう。多くの犬に攻撃されて血みどろの戦いをしている熊のブルーインを助けてやるのは、トララである。彼女は「血みどろの戦を傍観している／サードンに呼びかける」のである（一・三・一〇九―十一）。

（トララは言う）「まだグズグズしているね
勇敢なブルーインがたった一人で大勢に
惨めに打ち負かされるのを見ているの
何とも見事な働きぶりだよ
聞いただけでは信じられない
彼を奪い返そうとしないと
恥をかくのは私たちだよ」
（一・三・一二二―十八）

ここにあるのはトララの優しさだけではない。公平さ、潔さもある。さらに名誉を重んずる精神もある（一一八）。この熊はこの時点ではいずれ死んでしまうことが明らかな状況にある。普通ならば仕方がないと放っておくのではないだろうか。トララは勇気ある女傑であり、一人で多勢に向うブルーインの気持ちがよくわかるから、何とか助けようと言うのである。勇気ある者たちの一方が女性であり、他方が動物であるのは、何とも言えぬアイロニーではないだろうか。

トララは“And 'twould to us be shame enough, / Not to attempt to fetch him off.”（117－8）と言う。この“attempt”に注意したい。やってみても奪い返せないかもしれない。だがそれは仕方がない。ただサードンのように傍観しているのは一番良くない。とにかくやってみなければ恥である。ここには潔さと名誉心がある。そして何となくカラッとしている。庶民の女性でありながら、貴族に勝る精神を持っている。

以上のようなトララの性格と精神は、彼女とヒューディブラスの戦いにおいても見られる。まずトララがヒューディブラスを落馬させる（一・三・七八二—四）。だが彼女は不意打ちで勝つことを潔しとせず、武器をもって戦う機会をヒューディブラスに与える（七八九—九五）。これに対して騎士は「わしが勝った時には……おまえには慈悲や助命は許さない／その両方を惜しみなく今やおまえに差し出そう」（八〇九—十三）と、不利な立場も考えずに慈悲や助命を乞わせようとする。トララはこれを問題とせず「得物を取り上げて／轟きわたる剛打をば／ぐいぐいしっかり打ち込んだ」（八二三—五）。すると「尻を落として騎士は後退」“That he retir'd and follow'd 's bum”（826）するのであるが、騎士のこの尻に残部議会のイメージがある（注13）。

戦いはトララの勝利に終る。トララは騎士の武器を取り上げ、自分のマントを騎士に着せる（九一五—二二）。これは『妖精の女王』第五巻第五篇二〇行でアマゾンの女王ラディガンドがアーディガルに対してする仕打ちをモデルとしており、侮辱である。すなわち「騎士の誉れの飾りを全部はぎ取らせ、その代りに、男にとっては恥辱である女の服を身にまとわせ、戦いにふさわしい胴鎧や、すね当ての代りに、白いエプロンを膝に掛けさせた」と書いてある。だが読んだ印象としては、ラディガンドの行為の方がはるかに侮辱的である。トララの行為は勝者の権利という気がするし、女性のマントを着たヒューディブラスは滑稽である。滑稽という点から考えると、最後にラルフォーと共に足枷台に閉じこめられたヒューディブラスも滑稽である。トララの仕打ちがそれほど侮辱的に思えないのは、ひとつにはヒューディブラスとラルフォーが先にクロウデロを同様の目に遇わせているからである。

トララはヒューディブラスの生命を救ける。しかも、自分の仲間がちょうど到着してヒューディブラスに打撃を加えようとすると、

我が誓約をお前たち破るべからずと言い切った
彼女が彼を助命したからには
それを守るのに自分の血であれ彼らの血であれ流す覚悟
戦いの掟によって彼女には
彼がこれ以上危害を蒙らぬようにする義務ありと言う
(一・三・九四〇—四四)

要するに自分の身体を張ってヒューディブラスを仲間から守っている。戦いの掟を忠実に守っているのである。

このように見てくるとトララは非常に好意的に描かれていることがわかる。ロングヴィルの備忘録にあるバトラーの「結婚と女性」という一文にこのように書いてある(注14)。「善良な女性は善良な男性よりも無限に重んじられるべきである。なぜなら、女性はそうなるために男性よりもはるかに大きな困難を経るのであるから。男性は生れつき女性ほど多くの弱点をこうむることはなく、また女性ほど厳格な美徳の規則に拘束

されない……しかし普通の意味における女性の美徳は、貞節以外のものを意味しない。悪徳はその逆である。まるで女性は腰から上では良くも悪くもなることができないかのようだ。また腰は女性の魂が宿る部分であり、男性においては心と頭脳がそれにあたるかのようだ」と。

これは興味深い、また味わい深い一文である。バトラーの鋭い人間観察眼をしめしている。そして女性一般に対するバトラーの好意を暗示していると思う。トララは腕力が強く、勇気があり、公平で、潔く、優しい一面も持っている。だが、通常こういう美点は女性の場合、軽視されがちである。それをよく認識していたから、バトラーはトララにおいてそれらを重視してみせたのであろう。

とすれば、トララが「売春婦」を暗示することの意味も明らかになってくる。すなわち、トララは貞節に関しては、当てにならないかもしれない。だが、他の点ではこのように立派な女性ということになる。それをバトラーは言いたかったのだろう。

【注】

(1) George Wasserman, *Samuel "Hudibras" Butler* (Boston: Twayne, 1989) 73.
(2) Wilders, *Samuel Butler: Hudibras*, 339.
(3) Wilders, 339.
(4) Wilders, 350.
(5) de Quehen *Samuel Butler: Prose Observations*, 238.
(6) Waller, *Samuel Butler: Characters and Passages from Notebooks*, 118.
(7) Cunningham, *Samuel Johnson: Lives of the Most Eminent English Poets*, 180.
(8) Wilders, 351.
(9) Wasserman, 73–80.
(10) Wilders, 347.
(11) Wilders, 348.
(12) Wilders, 349.
(13) Wasserman, 110–11.
(14) de Quehen, 269.

第三章 『ヒューディブラス』における貴婦人

一

『ヒューディブラス』第一部第三篇において、ヒューディブラスとラルフォーは熊いじめ関係者たちとの戦いに敗れ、足枷台につながれている。このうわさが、かねてからヒューディブラスが財産を狙って求愛している未亡人である貴婦人に届く。そこで第二部第一篇において、貴婦人は従者を連れてその様子を見に行く。ヒューディブラスはたくみに言い寄るが、彼女は相手にしない。だが恭順宣誓をして自分を鞭打つことを条件に二人は貴婦人に身請けされる。さらに第三部第一篇において貴婦人は、仮面劇の悪鬼たちをつかって、自分の邸宅へ来たヒューディブラスにたくみに真意を白状させてしまう。またこの詩の最後はヒューディブラスからの手紙に対する貴婦人の返書で終っており、その中で彼女は女性が国家を支配すべきであると論じている。

このように見てくると、長老派騎士と独立派である従者を主人公とするこの諷刺詩において、前稿でみたトララと並んでこの貴婦人が重要な役割を演じていることがわかる。またそこに時代に絶望していた作者バトラーの意外ともいうべき女性と女性の能力に対する信頼が見られる。

このような観点から第二部第一篇、第三部第一篇、貴婦人の返書を中心として、貴婦人の性格描写、この詩で果す役割などについて考えてみたい。また、スキミントン行列の意味と仮面劇の構成についても考えてみたいと思う。

二

まず第二部第一篇を考えてみよう。ここで貴婦人に対する騎士ヒューディブラスの求愛が述べられるが、それについてはバトラーが自註をつけている。「この第二部の冒頭は、『アエネーイス』第四巻の冒頭を同様に始めているウェルギリウスを模倣して意図的に書かれたことを読者が知らなければ、おそらく奇妙で唐突に思われるだろう」と（注1）。さらに冒頭は

BUT now t'observe Romantique Method,
Let rusty Steel a while be sheathed;
And all those harsh and rugged sounds
Of Bastinado's, Cuts, and Wounds

Exchang'd to Love's more gentle stile,
To let our Reader breathe a while:
(II, i, 1–6)

さて騎士物語の掟に従うために／錆ついた剣をひとまず鞘に収め／殴打　切り合い　傷手と言った／不快で耳障りな音を／愛の神のやさしい囁きに変え／読者を一服させることにしよう

となっている。ここで騎士の貴婦人求愛のエピソードが語られるのは、読者を一服させるためである。長い一服であるが。

作者によればロマンスの書き方は次の通りである。すなわち「ある物書きは女とみれば誘拐させて／疾風のごとく騎士に後を追わせる／また別の物書きは騎士を皆／嫉妬に狂わせ正気を失わせる」（二・一・十三―十六）。これをそのままヒューディブラスと貴婦人の関係にあてはめればどうか。

この貴婦人は誘拐されているのではない。自由の身である。またこの貴婦人に別の愛人がいて、ヒューディブラスが嫉妬しているという状態でもない。要するにバトラーは意識的に従来のロマンス作家とは異なる書き方をしているのである。貴婦人とヒューディブラスの関係で最も顕著なのは、彼女が精神的に一段高いところにいるという点である。それは単に彼女が求愛されているという立場だから、というのではない。彼女には高い知性があり、人間の気持ちを見抜く洞察力があり、しかも温かいところがある。第一部第三篇において女傑トララがヒューディブラスに対して見せた優越性と温かさ（彼女はヒューディブラスを助命してやる）を、貴婦人は受け継ぐのである。捕われのヒューディブラスと彼を見舞う貴婦人――この関係はこの詩の最後まで見られる二人の関係を象徴している。すなわち、貴婦人はつねに一段高いところにいて、余裕をもってヒューディブラスを見下ろしている。そこには優越感のみならずユーモアがあり、ある程度温かい気持ちもある。一方、ヒューデイブラスは頑迷ぶりを発揮し、妙に真面目な一面も見せている。

同時に貴婦人に対する騎士の気持ちにも曖昧がみられる。すなわち、貴婦人に対する求愛は財産取得が目的のはずであるが、愛情を抱いている様子が見えたりもする。

足枷台につながれているところを貴婦人に見られたヒューディブラスは大いに恥じ入る（二・一・一一五―一二〇）のであるが、気を取り直してこのように言う。

「だが顎髭が伸びて地面に近づくほどに
必ず威厳を増すように
また大砲の砲尾を下げれば下げるほど
砲弾が高く飛ぶように
私めは　この惨めな失意の境遇を梃子に
なお一層の高みへと飛躍をばしてみせましょう」
（二・一・二六一―六六）

ヒューディブラス一流の負け惜しみであるが、機知に富んでいる。これに答える貴婦人のことばには当時の具体的人物が重なって感じられる。すなわち彼女は「偉大な賢人　武人といえども　大帝国と同様に／自らの重みで沈んでしまうことがあります」と言い、続けて「栄誉の極致と恥辱の極みは同じものです」（二・

一・二六九―七一）と言うのである。これに続く彼女のことばの中に「あなたに生来具わっている受身の勇気なるもの」という表現があるが（二七九―八〇）、これこそ貴婦人が来る前にヒューディブラスがラルフォーを相手に正当化しようとしていたものである。「敗北の時にはつねに受動的勇気が……能動的勇気にまさるとされている」（一・三・一〇三五―三八）と彼は言ったのである。貴婦人がこのことばを聞いていたはずはない。それなのに「生来具わっている受身の勇気なるもの」と言ってヒューディブラスをからかっている。つまり彼女は騎士の性格をよく知っている――知りぬいている、ということになる。

ここでもわれわれは受動的勇気を単に負け惜しみとだけ解釈しては何かが不足しているように思う。すなわち、自分でどうしようもない状態を耐える以外に方法がないから受動的勇気と言っているのは事実であるが、そのように耐え忍んでいるうちに道が開けるといった、一種善良で楽観的な考えも共存していると思われる。

この善良性と共通するのかどうか、ヒューディブラスは求愛の目的が金銭であることをあっさりと白状してしまう。すなわち「愛の情熱は寓話のようなもの／愛と言って男の人は別のことを意味しています……すべての口説き　求愛は　お金目当てになされるのです」（二・一・四四一―六）と貴婦人に言われると、彼は返答の中で「つまり私の欲望を／かくも強く猛烈に　かきたてるのはあなた御自身／ではなく（あなたの大部分を占める）財産です」（二・一・四七三―六）と言ってしまう。貴婦人もこの率直さが気に入り、「あなたの率直さは好ましいわ／見せかけだけの情熱や口説きや手紙……はもう沢山」（四八一―二）と言うのである。このあたりにはいかにもおかしい軽妙さがあって、泥くさいだまし合いという風情がない。理屈問答から生れがちな、言を弄して騙し合いをする時の不愉快さを減ずるのに役立っていると考える。

ここからなお丁々発止と二人の問答は続くのであるが、ヒューディブラスの愛が金銭欲にもとづいていることがはっきりしても、そこで議論が終わりにならないのは興味深いことである。金銭欲自体が議論の対象とならないのは何故だろうか。それは珍しい話ではなかったからか。

ここでは二人のことばに“Devil”という語が使われている。すなわちヒューディブラスは“Or make it o're in trust to th' Devil, / You'l find me reasonable and civil.”（479–80）（それとも悪魔にでも預けてみますかね／私の方が手ごろだし　礼儀も心得ておりますぞ）と言い、貴婦人は「首を吊ります　頭を打ちつけてみせますといっておいて／嘘をついて御覧なさい　悪魔があなたに取り憑きますよ」（四九七―八）とやり返す。いずれもせりふの最後の二行に使われている。ヒューディブラスのせりふにおいては“Devil”と“civil”が韻をふんでおり、意味は対照的となっているが、読んだ印象としては“Devil”も“civil”もあまり変りがないように思われる。これも面白いことである。作者は市民のなかに悪魔性があることを考えて、意識的にこの二語を選んで用いていると思われる。

バトラーがコモンセンスの持ち主であれば、宗教的狂乱狂信に批判的であるのはよくわかるが、同様の理由によって彼がロマンス作家が提供する詩的恍惚（Poetique Rapture）を嫌悪していることが、貴婦人の口を通して語られる。すなわち、ヒューディブラスが貴婦人に対して並べる詩的表現を一部引用すると、「あなたがどこを歩もうとも／そこは桜草とスミレが咲き誇り／その香料　香水　甘いパウダーは／すべてあなたの息を借りているのです／自然はあなたから特許状をいただいて／すべてのものの命を貰っているのです／世界はあなたの瞳に懸かっており／あなたが眉をひそめると滅びてしまいます」（二・一・五七一―七八）とある。これに対する貴婦人の応答は「やめてやめてもうたくさん／そんなことは的外れ／詩の陶酔で私を虜にすることは／難しいとお判りでしょう」（五八三―八六）と始まる。最後の二行を原文で示せば“For you will find it a hard Chapter,/ To catch me with Poetique Rapture”（585–6）となっている。これは第五七五行の“Nature her

Charter shall renew"の"Charter"を受けてすこし行は離れているが"Chapter"を用い、それに"Rapture"を用い韻をふませているのだと考える。巧みだと思う。

さてヒューディブラスは貴婦人と問答をしているうちに「釈放か保釈によって」(二・一・七七一)足枷台から釈放してくれるように頼む。これに対して貴婦人は笞打ちを甘受するという条件の下にこれを引き受けようという(二・一・八〇四―六)。条件として笞打ちがなければならない理由が面白い。それは、騎士が囚われの貴婦人を救いだす話はロマンスにあるが、逆に騎士が貴婦人に救いだされる話はないからである(二・一・七七七―八八)。

逆境にあって都合がよいことばかりを考えているヒューデイブラスの目を笞打ちによってさまさせようとしている如くである。バトラーの未整理原稿の中に、「同義語のリスト」がある(注2)。六つのグループに分類されているが、その中の一つが"Bondage"に始まっている。いくつか拾ってみると"Bondage,Bondes, Slavery, Captivity . . . Prison Dongeon Jayl, Goale . . . Stocks. Pilory. whipping. Scourge"となっている。つまりバトラーの頭の中では捕われの身、足枷台と笞打ちが密接に関連していたのであろう。

三

ここで足枷台から解放されたヒューディブラスとラルフォーが出くわすスキミントン行列について考えてみよう。解放された二人は笞打ちから逃れる方法を思いつこうとそれぞれ勝手な理屈を並べる。相互に相手に笞打ちを受けさせようとしてついに喧嘩になりかける（二・二・五六〇―六四）。二人は「その時恐ろしくも大きい怒号を聞いて／双方ぱっと身を退いた／まるですべての雑音が／圧縮してひとつの騒音になったよう」（二・二・五六五―六八）であった。これがスキミントン行列から聞えてくる騒音である。

スキミントンとは現在はまったくすたれているイギリス民衆の儀式である（注3）。それは地域社会の嫌われ者、特に意地が悪い、あるいは不貞な妻に対して行われた。一般にそれは太鼓と異常に音が大きい音楽とで成っており、馬に乗った二人の人がいた。一人は女性で妻の役をし前に坐って前方を向く。もう一人は男性で夫役であり、妻の後に後を向いて坐っていた。

スキミントンとはわれわれにとって馴染みがないものだから、本文（二・二・六〇九以下）に従って全体の様子を描写してみよう。ヒューディブラスとラルフォーがこの行列を見たとき「全ての点でこれほどローマの行列と／一致しているものはないと知った」（六〇七―八）のである。ローマの行列とはローマの凱旋行列のことである。

「先頭は騎馬行列の先導者」で「豚の卵巣取りの笛」を持っている。「次に来るのは鍋や薬缶をたたき／どんな音でも出す連中」、次は小馬に乗った騎手で手に持つ竿の上では肌着が揺れている。バグパイプが続く。次は「ここでは口に出せないものと穀粒を混ぜ／一対の荷篭に入れて運ぶ男」がおり、周囲の群衆にこれを投げつける。次が角をつけた馬に乗った者、その次がやせ馬に乗った旗持ちで高々とペチコートを掲げている。すぐそばに女戦士が馬にまたがり、女と尻合わせに乗っているのが「打ち負かされたかつての戦士」で糸巻棒と錘を持たされ馬上で糸を紡いでいる。もたつくと女が肩越しに彼を打ち懲らす。女の周囲には従者たちがいる――。

さてこの行列が男性から見て怪しからぬ妻、かかあ殿下に対する懲罰を表現しているとすれば、これはヒューディブラスの男性優越主義を支持するものである。

バトラーの『人物評』の中に「尻に敷かれた男」に関する項目がある（注4）。最初の方を訳出するとこのようである。「尻に敷かれた男は妻の背後から馬に乗り、妻に拍車をつけさせ手綱をさばかせる。彼は一種の本末転倒の動物で、轡をはめられると、尻尾を前にして進む。彼は最高司令官である妻に従い、補佐を務め、妻の命令なしにはあえて何もしない。妻が彼の代りをし、彼はおエライ方の娘と結婚して彼女のスリッパで懲らしめられているかの如くに、寝床の足に這いつくばる。彼は妻の農奴であり、妻が許可する以上には、何も自分自身のものを持たない。（略）彼は妻と性別を交換し古き男を脱ぎ捨て新しき女を着たのである」

この最後は「あなたがたは……以前の生活に属する……古き人を脱ぎ捨て……神にかたどって造られた新しき人を着るべきである」（エペソ四・二二―二四）をもじっている。このもじった表現によってバトラーの考えがはっきりさせられる。すなわち、上に述べたごとき尻に敷かれた男の姿は本来女の姿であるべきものである。とすればバトラー本来の考えは男性優越主義であったといえるだろう。

このことはスキミントン行列の趣旨とも関連している。すなわち、この行列は本来の立場を越えて夫を支配しようとする「女戦士」なる妻を罰していると同時に、そのようなかかあ殿下の状態を許してしまう夫をも罰しているのである（注5）。いずれにしてもこの行列が男性優越主義に基づいているにはちがいない。するとヒューディブラスとスキミントン主催者は同じ立場だということになる（注6）。ところがヒューディブラスはこの行列を攻撃してしまうのである。ここにも価値が転倒した状態、誰が敵か味方かわからない混乱した状態が見られる。このように敵、味方の区別がつかない状態はヒューディブラスを直撃した卵に象徴される。

　　　その時卵が投げられて
額を直撃した
そして彼の頬を流れ落ち
どろりとした蜜柑色のしろものが彼の髭を汚した
しかし髭とそれとは同色で
傷はさほど目だたなかった
（二・二・八一五―二〇）

　第二部第二篇第七五九行以下でスキミントン行列関係者に向ってヒューディブラスがぶつ演説は、第一部第二篇第四九三行以下で熊いじめ当事者たちにする演説を想起せしめる。双方ともに行事そのものを批判しつつ、本来無関係な内乱に言及していく。長さから言えば、スキミントン行列に関する演説の方が、ずっと短かい（五七行、熊いじめの方は一九〇行）。もうひとつの相違点は、スキミントンに関して、ヒューディブラスが内乱における女性の役割に言及していることである。

聖徒は女に甚大な恩恵を蒙っている
女は我らの最初の使徒であり
彼女らの手助けがなければ　とうの昔に降参だ
（二・二・七七四―六）

と言い、

ロンドンでは大義のためなら
彼女らが行わなかったことは何もない
太鼓や軍旗を持ち出して隊をなして行進し
自らの柔らかい手でもって
防衛のために塹壕を掘り
敵を撃退するために障害物を作り上げた
（二・二・七九九―八〇四）

と言う。これは史実に基づいている（注7）。ヒューディブラスは女性の働きを評価してこのように語っていることになる。読んだ印象としては、女性がそこまでしなくても良いではないか、という意味にも取れるし、また女性にそこまでやらせた男性が批判されているようでもある。

このように見てくるとトララと貴婦人においてフェミニズムを見せたかに思われるバトラーが、スキミントンの導入によって男性優越主義を示したかのようである。つまり矛盾があるように思われる。だがその行列をやめさせようとぶっている演説を聞いていると、やはり女性の人格を認め、能力を認めているようである。ヒューディブラス自身はトララに対する最初の態度からもわかるように男性優越主義の立場をとっているが彼のことばからは女性を尊重していることが伺えるのである。つまり、自分と同じ男性優越主義の立場をとるスキミントン参加者を攻撃している点では、ヒューディブラスのわけのわからぬ側面が前面に出ているが、そのことばの中には女性の人格と能力を認める作者の立場が、意外に正直に表現されていると思われる。

四

さて以上のごとく作者バトラーの女性観はフェミニズムの色彩が濃いのであるが、ここでバトラーの結婚観について考えてみたい。先に貴婦人への求愛について、ヒューディブラスは金銭目当てであることを率直に告白し、貴婦人もそれを受け入れているかのごとく思われる箇所に言及した。ここには男性優位、あるいは女性優位という点とは別に、結婚とは基本的に経済的法律的取り決めに過ぎないという王政復古期の考えが反映されていると思われる（注8）。

第三部第一篇冒頭はこのようである。

一つの弓に二つの矢をもって
恋と金に情熱を燃やしている
誰もそんな男ほどには
むちゃくちゃな愛を押し通そうとしない
（三・一・一―四）

このような詩行を読むと、貴婦人に対するヒューディブラスの思いが一貫していることがわかる。ここまではっきり金に情熱を燃やしていると言われると、罪悪感を感じないものである。

さてヒューディブラスは貴婦人の館で貴婦人が遣わす者たちに襲われて、気を失なってしまう（三・一・一一三〇）。彼が正気に戻ると妖精に変装した者（実はラルフォー）が、いろいろ質問してヒューディブラスに真意を告白させてしまう。そこで彼は貴婦人に結婚させる気にさせようとしたのは「すべての縁を結ぶもの　お金」であることをまず白状してしまう（三・一・一一七八）。愛情がなかったことも白状する（一一八六）。続きを引用する。

How would'st th' have us'd her, and her Money?
First, turn'd her up, to Alimony
And laid her Dowry out in Law,
To null her Joynture with a Flaw,
Which I before-hand had agreed,

T'have put, of purpose, in the Deed.
And bar her Widows-making-over
T'a Friend in Trust, or private Lover.
(III, i, 1187－94)

「彼女と金をいかに利用しようと思ったのか」／「まず彼女を捨てて扶養料を与えます／そして彼女の持参金を法的に浪費します／わたしが以前に意図的に／証文に書くことに同意した／寡婦給与は瑕疵があるとして無効にします／そして彼女が財産を／管財人すなわち私的愛人に託するのを阻止します」

“Alimony”（1188）は別居後扶養料あるいは離婚後扶養料である。別居後あるいは離婚後に夫が妻に与える。ワイルダーズによれば第一一八九—九〇行の意味は明瞭でない（注9）。だが全体としての騎士の意図は、妻と別れ、同時に財産を支配しようということである。貴婦人と結婚する際にヒューディブラスは、不備な継承的財産処分書を作成し、持参金に対する貴婦人の権利が後に無効にできるようにする。継承的財産処分からもらえると彼女が思っている寡婦給与財産権は無効にされる。今やヒューディブラスの手に渡った自分の財産から貴婦人が受け取るのは、離婚後扶養料のみである。ヒューディブラスが特に阻止したいと思っているのは、貴婦人が再婚前に財産を管財人に引き渡すことであった。当時これは金持ちの未亡人あるいは疑い深い未亡人の間で、一般的に行われていたのである。管財人は未亡人が独立して使えるように未亡人の財産を保管し、再婚相手が所有することを阻止した——。

このような注解を読むと、財産目当ての結婚、それも未亡人相手の結婚は、当時珍しくなかったことがわかる。未亡人たちもその可能性をよく知っていたから、管財人を頼りにしていたのである。
さて第三部第三篇において法律によって貴婦人を獲得するようにヒューディブラスを説得するのはラルフォーである（三・三・三九五―六）。結局ヒューディブラスはこの忠告を受け入れて弁護士のもとへ行くのであるが、法律に関してラルフォーはこのように言っている。

For Law's the Wisdom of all Ages
And manag'd by the ablest Sages,
Who though their bus'ness at the Bar
Be but a kind of civil War,
In which th'ingage with fiercer Dudgeons
Then e're the Grecians did, and Trojans.
(III, iii, 439–44)

「法律とはすべての時代の知恵であり／最も有能な賢者によって用いられるもの／彼らの仕事は法廷における／内乱にすぎませんが／彼らはギリシャ人と／トロイア人よりも激しく怒って戦います」

すなわちラルフォーによれば法律とは知恵の集積であり、それを用いる者は最も賢明なる者である。さらにラルフォーはこうも言っている。

For what Bigot durst ever draw
By Inward Light, a Deed in Law?
Or could Hold forth, by Revelation,
An Answer to a Declaration?
(III, iii, 493 – 96)

「内なる光によって証文を／作成する偽善者がいましょうか／啓示によって訴答を述べたてる／偽善者がおりましょうか」

これは興味深いところである。内なる光を重んずる独立派ラルフォーが、内なる光や啓示が役に立たない、と言っているからである。結局ヒューディブラスはラルフォーの忠告にしたがって弁護士の許へ行き、貴婦人についてこのように語る。「厳粛な宣誓によって私の妻となるべく／私と契約を結んでいる未亡人が／奴とグルになって約束を破り／すべてを教唆しました」（三・三・六五九―六二）こうしてヒューディブラスは法的に貴婦人を獲得すると同時に、シドロフェルに仕返しをしようとする。

弁護士は「法律にとって事はただ一つ／法律の目は証拠にのみ向けられます」（三・三・七二三―二四）と言って証拠の重要性を悟らせようとする。同時に「あなたの思うがままに何でも誓ってくれる／証人が無くて困ることはありません」（七二五―二六）と言う。すなわち金のために偽証する人がいると暗示するのである。これにこたえてヒューディブラスは

「そのような者なら手持ちがあり　しかも全員こちらの味方
良心の問題をこじつけ解釈するのに長けた
師匠連に手塩にかけて鍛えられた連中です」
（三・三・七三六―三八）

と言う。これは仲間の長老派のことを言っているのであろうか。ここに至ると先のラルフォーと同様に、仲間ピューリタンに対する不信感、ピューリタンの真の姿をはっきり表現している。

五

最後にヒューディブラスの貴婦人宛英雄詩的書簡と貴婦人の返書を見てみたい。足枷台から解放されるときの条件であった笞打ちをまだ実行していない理由を、ヒューディブラスはまことしやかに述べたてる。仮りに貴婦人が法律に訴えてヒューディブラスに償いをさせようとしても、彼女が得る名誉はほんのわずかしかない（三・英雄詩的書簡・五七―六〇）。愛する女性のために自分の生命あるいは手足を賭ける男も、彼女を手に入れるために魂を賭けた者ほど、彼女の好意を受けるに値いしない（六一―六四）。ヒューディブラス自身は貴婦人のために魂を賭けたというのであるが、一流の詭弁である。言うまでもなく魂という目に見えないものに関しては、賭けたとも何とも言えるのであり、ピューリタンの偽善が現われていると考える。
続いてヒューディブラスが言う誓言のむなしさも屁理屈ではあるが、真実味を帯びて聞える。「誓言は　言葉が意味する文字通りの意味とは限らず／時代の使用習慣に従い／言葉の責任範囲によって判断されるべきもの……他人がそうするのを見た時以外は／誰も本気で誓言を立てたり守ったりしません」（六九―七六）と彼は言う。真実味を帯びて聞えるのは当時の状況を反映しているからであると考える。
最終的にヒューディブラスは男性優越主義を持ち出し、女性が男性に従うべき理由を述べる。

For Women first were made for Men,
Not Men for them.— It follows then,
That Men have right to every one,
And they no freedom of their own:
And therefore Men have pow'r to chuse,
But they no Charter to refuse:
(III, An Heroical Epistle of Hudibras to his Lady, 273–78)

女がまず男のために造られた／男が女のために造られたのではない　だから／男はすべての権利を有し／女には固有の自由がない／それで男には選ぶ力があるが／女には拒絶する特権がない

ヒューディブラス宛の貴婦人の返書を見れば、はじめから彼女が事の次第をよく知っていたことがわかる。

すなわち、不名誉にもヒューディブラスがトララに打ち負かされ足枷台についているところを、可哀相に思って貴婦人が救けてやると、約束の笞打ちをしないどころか、結局は求愛してくる始末。求愛の動機は金銭にあること（第五五行以下）も貴婦人は承知している。彼女は愛の仕掛けはよく知っている（七三—五）。男女の創造についてはこのように反駁している。

Though Women first were made for Men,
Yet Men were made for them agen:
For when (out witted by his Wife)
Man first turn'd Tenant, but, for life,
If Women had not Interven'd,
How soon had Mankind had an end?
(III, The Ladies Answer to the Knight, 239–44)

女は最初は男のために造られたけれど／男は再び女のために造られた／（妻に騙されて）／生命のある間だけ人間がこの世の借家人になったとき／女が介入しなかったら／人類は何とすみやかに終末を迎えていたことでしょう

結局貴婦人は、終始ヒューデイブラスより一段高いところにいる。「叙述のアクション——貴婦人を以前の寡婦給与財産から引き離そうとするヒューディブラスの試み——は、内乱自体と同様に、分裂的行為である。すべて和合に向う傾向をもつものは分裂に終る」とM・シーデルは言っている（注10）。ヒューディブラスは結局貴婦人と結ばれることはないし、ヒューディブラスとラルフォーは不信感を抱き合ったままである。要するに分裂と混乱の状態は、詩の最初から最後まで変化していないのである。

【注】

（1）Wilders, *Samuel Butler: Hudibras*, 100.
（2）de Quehen, *Samuel Butler: Prose Observations* 244－45.
（3）Wilders, 386.
（4）Waller, *Samuel Butler: Characters and Passages from Notebooks* 46－47.
（5）Wasserman, *Samuel "Hudibras" Butler*, 93.
（6）Wasserman, 93.
（7）Wilders, 388.
（8）Wasserman, 92.
（9）以下 Wilders, 417 による。
（10）Michael Seidel, *Satiric Inheritence: Rablais to Sterne* (Princeton:Princeton UP, 1979), 103.

アンドルー・マーヴェル

第四章　『画家への最後の指示』

一

アンドルー・マーヴェル（一六二一―七八）の作品『画家への最後の指示』は諷刺詩である。マーヴェルの作品には二種類あると言われている（注1）。一つは抒情詩群であり、もう一つは後年書かれた諷刺詩群である。抒情詩の中には有名な作品として"The Garden"、"The Definition of Love"、"The Nymph complaining for the death of her Faun"「子鹿の死を嘆くニンフ」などがある。諷刺詩の中で最も有名なのは『画家への最後の指示』であるが、他にも"Nostradamus's Prophecy"「ノストラダムスの預言」、"A Dialogue between the Two Horses"「二頭の馬の対話」などがあり、いずれも国王チャールズ二世に関する諷刺である。

マーヴェルはケインブリジ大学トリニティ学寮を卒業後、大陸諸国を旅行した。その後一六五一年から五三年頃に議会派軍総帥であったトマス・フェアファックスの一人娘の家庭教師として、ヨークシャのナン・アップルトンに滞在した。外の世界ではまだ時代が揺れ動いていたときに、安全と平静を味わうことを許されたマーヴェルは、上に挙げたような自然詩、恋愛詩を書くことができたのである。ところがマーヴェルはあえてこの恵まれた環境から出て行くのである。そしてその後このような抒情詩を書かなくなる。一六五七年にはクロムウェルのラテン語書記官となり、ミルトンを助けて仕事をした。王政復古によってミルトンの立場が危うくなると、大いに彼を弁護したのは有名な話である。

マーヴェルが諷刺詩を書くのは王政復古後である。すなわち彼は王政復古直前に生れ故郷ハル市選出の下院議員となり、一六七八年に他界したときは現職のままであった。こうした政治家となったマーヴェルは諷刺詩のみならず、散文においても痛烈な政治的パンフレットを書くに至る——。

以上が諷刺詩を書くに至ったマーヴェルの略歴である。ここで素朴な疑問として諷刺あるいは諷刺詩とは何か、について考えてみたい。まず諷刺という場合、諷刺する側と諷刺される側がある。諷刺する側は人間であり、諷刺家、諷刺作家、諷刺詩人である。諷刺される側、つまり諷刺の対象は人間であり、またその人間が引き起こす事件である。次に諷刺作家の価値観ということが考えられる。諷刺作家が対象とする事柄が、「あるべき」と彼あるいは彼女が考える価値観と合致しないから、諷刺するのである。例えばバトラーにはコモンセンスというべき保守的価値観があり、これに照らすとピューリタンの言動はおかしい、否、鼻持ちならないから、これを諷刺するのである。

次に読者がこれを納得するかという問題が起こる。作品が諷刺であろうとなかろうと、通例読者は作者の見解に従って作品を読むのであるから、一応読者は納得すると考えてよいだろう。

次に諷刺の対象の歴史的個別性という問題がある。これは読者にとって、特に外国文学の読者にとって大問題である。すなわち対象が時間的にも空間的にも隔たっているからである。歴史的個別性という点に関しては、ジョンソンが『ヒューディブラス』を論じながらこのように言っている(注2)。「前世紀を冗談で大喜びさせたあの気質は大部分われわれにとって失われている。われわれは昔のピューリタンたちの不愉快な謹厳さ、気難しい固定観念、陰気な不機嫌、頑固な良心の呵責を知らないのだ」と。ジョンソンがこれを書いたのは一七八〇年前後であるから、『ヒューディブラス』が出版されてから百年以上を経たときである。現代のわれわれにとって百数十年の昔といえば、明治維新である。仮りに明治維新の社会を諷刺する作品があるとして、それを読んだわれわれはどう感ずるだろうか。

たしかにジョンソンの言う如く、諷刺の対象は昔のことなのだから、われわれは直接知らない。知るとすれば歴史書で知ることになるが、詳しく知ることは難しいことが多い。詳細を知り得ても同時代人ほど身近に感ずることはできないだろう。だが、できるだけ諷刺の対象やそれを取り巻く状況を知った上で諷刺詩を読み、その詩的効果を感ずることは可能ではないか。わたしは可能であると考える。例えばピューリタンに関してもいろいろな解釈、受け取り方があるだろうが、『ヒューディブラス』を読めばバトラーの立場がわかるし、共鳴もできるのである。たしかに事柄の細部に関しては分からないことが多いから、注に頼ることになる。注も完全ではないから、われわれの知識も完全とはならない。が、それでも諷刺詩を諷刺詩として読むことはできると思う。

こういう考え方は新批評の考えに影響されているのかもしれない。すなわち「一九四〇年代と五〇年代における新批評の全盛と共に、諷刺詩の歴史性ではなしに自律性に対する強調が行われるようになった。したがって一九五〇年代と六〇年代の著名な諷刺の理論家たちは、ウイットと諷刺は仮構の中に表現されるから永久的であると言った。このような諷刺の読み方は個別性の存在を否定するのでなく、個別性をシンボル、典型あるいは仮構上の再生と再解釈するのである」とグリフィンは言っている（注3）。すくなくともわれわれは、諷刺詩が歴史的個別的事件にもとづいていることを知っており、それを尊重するけれども、ある事件あるいは状況に普遍的要素があるから、それに対する諷刺もわれわれに訴えてくるのであると考える。

さて『画家への最後の指示』に戻ると、これは九九〇行からなる長い詩であるが、二つの意味において“last”であると言われている（注4）。すなわち「最新のものである。したがって、最も最近の偶発的出来事を歴史的叙述に適応させたものである。次に、最後のものである。したがって、諷刺的に暴露された欺瞞と愚行の現場にふさわしいものとして最終のものである。諷刺とは英雄風における最後のことばである」。

エドマンド・ウォーラー Edmund Waller（1606－87）という宮廷詩人がいた。彼は一六六六年に『画家への指示』という詩を書いていた。これは一六六五年のオランダ軍に対するヨーク公の勝利をうたう真面目な頌徳詩 panegyric であった。が、すぐにこれに続いて出版されたのが、『わが海軍史描写のための画家への第二の助言。ウォーラー氏を模倣して』であり、これは諷刺詩であった。同じ著者がすぐに『画家への第三の助言』を出版したが、これには『第二の助言』と共にウォーラーの詩にあるごとく、「王さまへ」という詩行がついていた。さらに『第四の助言』、『第五の助言』が現われた。本論のテキストの編者マーゴリュース H. M. Margoliuth（注5）は、少なくともこれら四つの『助言』すべての作者としてマーヴェルを考えることはできないとし、またマーヴェルが第四と第五の『助言』を書いていないことは確実である、と言っている。

これら四つの『助言』のうちマーヴェルがどれを書いたか、あるいは書かなかったかに、われわれの関心はない。われわれにとって重要なことは、『最後の指示』が以上の『助言』シリーズの流れの中で書かれたことと、これがマーヴェルの作とされる諷刺詩の中で最も疑念をはさむ余地が少ない、という事実である（注6）。

一六六七年第二次オランダ戦争においてオランダ海軍がメドウェイ川を遡航し、停泊中のイギリス戦艦を砲撃するという事件が起こった。この国辱的事件を背景にチャールズ二世を戴く宮廷の無能さ、退廃ぶりを痛烈に諷刺したのがこの詩である。根底にマーヴェルの愛国心があることは言うまでもない。このような状況で書かれた詩の中で、マーヴェルの詩才がどのように発揮されているかを、見てみたいと思う。

二

出だしを見てみよう。

After two sittings, now our Lady State,
To end her Picture, does the third time wait.
But e're thou fal'st to work, first Painter see
It be'nt too slight grown, or too hard for thee.
Canst thou paint without Colours? Then 'tis right:
For so we too without a Fleet can fight.
Or canst thou dawb a Sign-post, and that ill?
'Twill suit our great debauch and little skill.
Or hast thou mark't how antique Masters limn
The Aly roof, with snuff of Candle dimm,
Sketching in shady smoke prodigious tools,
'Twill serve this race of Drunkards, Pimps, and Fools.
(1 – 12)

二度ポーズをとってから、われらの貴婦人国家は、肖像を仕上げてもらおうと三度目を待っている。だが仕事を始める前に、画家よ、それがあまりにつまらないこと、あるいはあまりに難しいことになっていないか見てごらん。絵の具なしで色がつけられるか。できるならよろしい。われわれも艦隊なしで戦える。あるいは汝は居酒屋の看板を塗りたくれるか。それもあれほど下手くそに。ならば、わが国の放蕩と無いも同然の手腕にふさわしい。あるいは汝はふざけた親方職人が、くすんだ煙の中で巨大な道具をスケッチしながら、ろうそくの芯が燃えつきて暗い居酒屋の屋根つきボーリング場にどんな絵を描くのか、気にとめたことはあるか。それこそこの酔っ払いとポン引きと愚か者の種族にもってこいだ。

第四行“Canst thou paint without Colours?”ははじめから実行不可能なことを問うている。言うまでもなく、絵の具という道具なしに絵が描けるならば、艦隊という戦闘手段なしに戦争もできる。要するに、チャールズ二世統治下のイギリスがオランダ相手に試みたのは、これと同様だ、という意味である。第七、八行は技量に関することである。貴婦人の肖像画を描く画家が、居酒屋の看板を、それも下手くそに、描けるだろうか。描けるならば、画題である国家の程度の低さに釣り合っていると言わねばならない。

第九―十一行に関してマーゴリュース版によれば、“antique”は“antic”の古い綴りであり、“Aly”は“a covered bowling alley at an inn”である（注7）。さらに“tools”は男性性器の意味であり、マーヴェルがここで卑猥な絵画のことを考えているらしい、としているが、わたしもそう思う。第十二行にある“Pimps”とうまくつながるからである。

But if to match our Crimes thy skill presumes,
As th' Indians, draw our Luxury in Plumes.

Or if to score out our compendious Fame,
With Hook then, through the microscope, take aim
Where, like the new Controller, all men laugh
To see a tall Lowse brandish the white Staff.
Else shalt thou oft thy guiltless Pencil curse,
Stamp on thy Pallat, nor perhaps the worse.
(13 – 20)

だがもし汝の技巧があえてわが国の犯罪に匹敵しようとするならば、われらの贅沢をインディオのように羽毛で描きなさい。あるいはわが国のちっぽけな名声を記録しようとするのならば、フックと共に顕微鏡で狙いをつけよ。すると今度決まった王室財務次官のように背の高いシラミが白い杖を見せびらかしているのを見て、皆が笑っているのが見える。さもないと汝はしばしば汝の罪のない鉛筆を呪い、パレットを踏みつける、いやもっとまずいことになる。

この羽毛に関連して言うと、『アップルトン邸』七三に“Out of these scatter’d Sibyls Leaves / Strange Prophecies my Phancy weaves: / And in one History consumes, / Like Mexique Paintings, all the Plumes.”（577 – 80）（これらの頭上にひろがった巫女たちのような木の葉から、わたしの空想は不思議な預言を織り出す。そしてメキシコの羽毛絵画のごとく、すべての羽毛を一つにまとめてしまう）という詩行がある（注8）。ここで「すべての羽毛」とはローマ、ギリシャ、パレスチナが語ったこと（五八一）である。トマス・パウエルの『人間の勤勉』（一六六一）には「フロリダと西インド諸島の他の場所では、住民はすばらしい技術をもって念入りに羽毛の衣服をつくり、またすぐれた精巧な絵画をつくる。（中略）スペイン人コルテスは裕福なメキシコの皇帝モテヅマの宮殿で凝った作品を数多く見た。（中略）この芸術はミケランジェロとラファエルの作品を凌ぐほどである」とある（注9）。羽毛画そのものに否定のイメージはない。イギリスの贅沢ぶりは普通の絵の具では描けないほど色とりどりである。

また"in borrowed plumes"は「借り着で、受け売りで」という意味のイディオムである。すなわちイギリスの贅沢ぶりは、まともに写実できないほどひどいものであるから、メキシコの豪華な羽毛絵画によってしか、つまり受け売りでしか表現できない、という意味が感じられる。

「背の高いシラミ」はR・フックの著書に出てくる挿し絵への言及。「今度決まった王室財務次官」はクリフォードである。マーヴェルは下院でクリフォードと口論して謝罪させられたことがある。王室財務次官は職務を表わす白い杖を持っていた。ここでマーヴェルはついでにクリフォードに仕返しをしているのである（注10）。

さてここまで読んでみてわれわれは何を感じるだろうか。下手くそな居酒屋の看板、居酒屋の卑猥な絵画、メキシコの羽毛画、顕微鏡に映るもの、と次から次へと読者を退屈させない例をひきながら、イギリスという貴婦人の肖像画を描くことは、要するに不可能だ、と言っているのである。画家への指示が、この絵を描くことは不可能だというところから始まるのは、この形式をとる諷刺詩において最大の諷刺ではないか。

次いで第二一―二八行において画家プロトゲネスが絵筆を絵に投げつけることによって、偶然に怒り狂った猟犬の口の泡を描くことができた故事に言及し、詩中の画家も幸運によって国家を描くことができるかもしれぬ、と言う（注11）。

三

これに続いていよいよ三人の人物を描きなさい、と画家に呼びかける。「――を描き給え」と三度にわたって画家に呼びかける調子は、詩神に呼びかける叙事詩の冒頭を想起させる。誰を描けというのか。第一はセントオールバンズ伯である（二九―四八）。

Paint then St. Albans full of soup and gold,
The new Courts pattern, Stallion of the old.
Him neither Wit nor Courage did exalt,
But Fortune chose him for her pleasure salt.
Paint him with Drayman's Shoulders, butchers Mien,
Member'd like Mules, with Elephantine chine.
(29 – 34)

では、スープと金貨で一杯のセントオールバンズ伯を描いてくれ。新たな宮廷の模範だが、かつては種馬。知恵も勇気も彼の評判を高めたわけではなくて、幸運の女神が好色な楽しみのために彼を選んだのだ。荷馬車屋の肩と肉屋の物腰をもたせ、騾馬の四肢と象のごとき顎をもたせて描いてくれ。

セントオールバンズ伯は初代セントオールバンズ伯であったヘンリ・ジャーミンのことである。一六三九年にはチャールズ一世の妃ヘンリエッタ・マライアの近衛騎兵隊長であった（注12）。チャールズの死後は彼女と結婚状態にあったという噂が流れていた。この噂の真偽はともかく、そういう噂があってもおかしくない人物であったのだろう（注13）。一六七四年四月二六日付マーヴェルからエドマンド・ポップスにあてた書簡によれば、侍従長（Chamberlain）という自分の地位を一万ポンドでアーリントンという人物に売り渡している。ちなみにこれはジャーミンが他界する年である。

身体はがっしりとしているが、頭も悪いし勇気もない男を動物のイメージを用いてうまく表現している。「種馬」は近衛騎兵隊長であったことにかけている。第三三行では荷馬車屋から肉屋へと移行することによって、動物のイメージ導入がスムーズになっている。「騾馬」と「象」によって、頑固で不恰好な様子がうまく表現されている。そんな男がよくもセントオールバンズ伯の称号を得たものであるが、それもベーコンが顔負けするぐらいに、生命力（Nature）を研究したからである（三五―六）。

この詩は当時の性道徳の退廃ぶりのみを問題としているのではないが、冒頭はそれを中心としている。セントオールバンズ伯の次はヨーク公爵夫人アン・ハイドが諷刺の対象となる（四九―七八）。

Paint then again Her Highness to the life,
Philosopher beyond Newcastle's Wife.
She, nak'd, can Archimedes self put down,
For an Experiment upon the Crown.
She perfected that Engine, oft assay'd,

How after Childbirth to renew a Maid.
And found how Royal Heirs might be matur'd,
In fewer months than Mothers once indur'd.
(49 – 56)

では王弟の妃殿下を本人そっくりに描いてくれ。ニューキャッスル侯妃以上の哲学者で、裸体になると王冠の実験にかけてはアルキメデスにもひけをとらない。彼女はしばしば試みられたあの方法、出産の後また処女に戻る方法を完成した。また母親たちが耐えてきたよりも短い月数で王室後継者が胎内で成熟する方法を発見したのだ。

アン・ハイド（一六三七―七一）はクラレンドン伯エドワード・ハイド（一六〇九―七四）の娘である。が、あまり背景を知らずにこれらの詩行を読めばどうであろうか。要するに身持ちの悪い、しかし頭は悪くない高位の女性が、できてはならない子、つまり私生児を生んでしまった（五三―四）か、あるいは結婚する前に妊娠してしまった（五五―六）という印象を受けると思う。実際はどうであったか。

ヨーク公すなわちジェイムズとアン・ハイドの結婚は秘密に行なわれたが、それはアンの父クラレンドン伯を含む反対者たちによって王室にとって恥ずべき行為であると考えられた（注14）。結婚式が秘密に行なわれたのが一六六〇年九月三日であるから、長子ケインブリジ伯チャールズが同年十月二二日に生れたのは、たしかに計算が合わない。けれどもアンが一方的にヨーク公を誘惑したという事実がないならば、第五〇―五一行は露骨な言い過ぎである。"an Experiment on the Crown"（52）とか"Engine"（53）とかは、アルキメデスとの関連で考えれば、鋭い機知である。

アルキメデスは、浴場で発見した押しのけ容積の原理によって、金の王冠に銀が混合されていることを見きわめた。その原理がわかったとき、歓喜のあまり裸体のままで浴場から家まで走って帰った。またアルキメデスはいろいろな装置の発明家であった（注15）。アルキメデスの故事が微笑ましいものであるだけに、"nak'd"がこのような文脈で用いられると、不快感を覚えてしまう。諷刺には誇張はつきものであろうが、ここではアン・ハイドを必要以上にグロテスクに描いているようである。

このことからわれわれは次のようなことを考えさせられる。すなわちマーヴェルの諷刺詩は政治的動機によるものである。だから目的が明確である。基準もはっきりしている。マーヴェルに諷刺精神がないのではないが、たとえばスウィフトのごとく、諷刺精神のみによって諷刺しているのではない。スウィフトについて漱石はこう言っている。「スヰフトは世の中を見ても、人間を見ても、誰を見ても彼を見ても、皆諷刺的に見て仕舞ふ人である。彼の諷刺は一時的の態度でなくて、彼の一生を貫いた、牢として抜くべからざる生来の性癖である」と（注16）。バトラーも諷刺精神が旺盛であったろう。マーヴェルが愛国心と正義感にもとづいて宮廷の退廃ぶりを誇張しているならば、それは理解できることである。だが、諷刺家に気持ちの余裕がなくなって、事実でないことを書いていることが読者にわかると、読者は空しい思いをする。

アン・ハイドがグロテスクに描かれているのは、ジェイムズとの結婚に関してのみではない。容貌や体形についても同様である。すなわち"Paint her with Oyster Lip, and breath of Fame, / Wide Mouth that Sparagus may well proclaim: / With Chanc'lor's Belly, and so large a Rump."（61－63）（牡蛎のような唇と有名な口臭を放つ彼女を描いておくれ。街のアスパラガス売りだとはっきり言えるほどの大きな口。大法官譲りのお腹とあれほど大きいお尻）という具合である。

次はカースルメーン伯夫人である。

Paint Castlemaine in Colours that will hold,
Her, not her Picture, for she now grows old.
She through her Lacquies Drawers as he ran,
Discern'd Love's Cause, and a new Flame began.
(79–82)

もちのよい絵の具でカースルメーンを描いてくれ。長持ちさせたいのは絵ではなく本人の方だが。というのは、もう年だから。従僕が走っているときに、ズボン下越しに愛の原因を見つけてしまい、新たな炎が燃えだしたのだ。

カースルメーン伯夫人（一六四一―一七〇九）とはバーバラ・ヴィリヤーズであり、一六七〇年にクリーヴランド女公爵に任ぜられた。一六七一年までチャールズ二世の愛妾であった（注17）。一六七一年八月九日付のペルシャの友（東インド会社のトマス・ロルト）（注18）宛のマーヴェル書簡によれば、ずいぶん権力がある女性だったらしい。「彼らはさらにクリーヴランド女公爵に年額一万ポンド出す旨の署名封印をしましたが、彼女はビールとエールの国内消費税の新しい請負からも一万ポンド近く、さらに年額五千ポンドを郵便局から同様に手に入れます（中略）聖界であれ俗界であれ、昇進は彼女の了解のもとに行なわれるのです」（吉村訳）とある。

ここまで三人の貴族の描写でこのカースルメーン伯夫人と従僕との関係がもっとも具体的で露骨である。まさに「酔っ払いとポン引きと愚か者の種族」にふさわしい絵画を描かせようとしている。

Fears lest he scorn a Woman once assay'd,
And now first, wisht she e're had been a Maid.
(89–90)

試された女を従僕が蔑みはすまいかと不安がり、生娘であったらよかったとはじめて思うのだ。

この二行はアン・ハイドに関する二行“She perfected that Engine, oft assay'd,/ How after Childbirth to renew a Maid.”を思い起させる。“assay'd”と“Maid”という二語が共通して用いられているからである。アン・ハイドの場合は“assay'd”の目的語は“Engine”であるのに対して、カースルメーンの場合は“a Woman”であり、具体的にはカースルメーン伯夫人自身である。“a Maid”であろうとするのも、アン・ハイドの場合は対象が世間であるのに対して、カースルメーンの場合は愛人の従僕である。アン・ハイドの場合はユーモアも感じられるが、伯夫人の場合は夫人の気持ちが露骨に感じられて、きびしい諷刺となっている。三人続けて読んだ印象としては、セントオールバンズ伯やアン・ハイドがしていることも、カースルメーンとあまり変わらないぞ、と言っているようである。

カースルメーン伯夫人と従僕の関係は生々しく描かれている。高位の女性の低俗な側面を戯画化していると言えば、戯画化している。だが、こうしてセントオールバンズ伯から三人続けて諷刺されている様子を読んでいくと、ある種の真剣さ、気迫を感ずるのである。すなわち現在の宮廷ではこれが実態なのだ、という訴えである。何とかしなければならないのではないか、という思いである。他の「画家への指示」詩と比較してこの詩には、真面目に叙事詩を書く意図があることが指摘されている（注19）。「全体として見れば、この詩は一貫して非英雄的な英雄たちの戯画に終っているのではなくて、結果的に反叙事詩——勝利の叙事詩ではなく敗北と堕落の叙事詩——となっている」(注20)すなわち、叙事詩人が英雄をうたうのと同様の真剣さで、マーヴェルは反叙事詩を書いているのである。

四

さて上記の三人に引き続いて、対オランダ戦争に関わった者たちが次々に諷刺される。最初の方を引用してみよう。

Of early Wittals first the Troop march'd in,
For Diligence renown'd, and Discipline:
In Loyal haste they left young Wives in Bed,
And Denham these by one consent did head.
Of the old Courtiers next a Squadron came,
That sold their Master, led by Ashburnham.
(151 – 56)

まず初期の寝取られ男たちの軍勢が進んできた。勤勉と規律で名高い軍隊だ。忠誠心のために馳せ参じ、若い妻をベッドにおいてきた。全員一致で指揮官はデナム。次は老廷臣たちの一隊。自分の主人を売った連中でアシュバーナムが指揮する。

寝取られ男たちの軍勢を指揮するのはデナムである。アン・ハイドに対する諷刺の中に"Express her studying now, if China-clay, / Can without breaking venom'd juice convey. / Or how a mortal Poyson she may draw, / Out of the cordial meal of the Cacao."（65–8）（彼女の研究を描いてくれ。陶器が割れないで毒液をいれられるかどうか。あるいは活力をつけるカカオの粉から致死の毒を抽出する方法を）という詩行がある。デナム夫人はアン・ハイドの夫ヨーク公の愛人とされていたが、「自分自身で言っていた如く、毒を盛られて死んだ」。夫のデナムとロチェスター伯夫人とアン・ハイドが告発された。だが、検死の結果、毒が盛られた痕跡はなかった（注21）。ここでデナムが寝取られ男たちの指揮をとっているのは、夫人がヨーク公すなわち王弟の愛人であったことを前提としている。王弟に妻を寝取られながら王室への忠誠心が旺盛である、という意味になる。どこまでが事実であったにせよ、まことに手厳しい。

アシュバーナムは一六二八年御寝所係官であった。ジョン・バークリ卿と共にワイト島への国王の亡命を計画したが、二人の中のどちらかが、計画をアイルランドの総督に洩らしてしまったのである（注22）。後にそれはバークリであることが証明されたが、どちらが洩らしたかは、長い間議論の的であった。「自分の主人を売った連中」にはこのような背景がある。

このような諷刺が第一五一行から三七二行まで続く。われわれはマーヴェルが持っていた情報の豊かさに驚くのである。なかには誇張されているものもあるだろう。いずれにせよ、このような諷刺が続くと、読者は嫌気がさしてしまう。書いている者が疲れるから、読む者も疲れるのだろう。そこで趣きを変え、すこし気持ちを楽にしてくれるのが、第三七五行から始まるスキミントン行列である。

From Greenwich (where Intelligence they hold)
Comes news of Pastime, Martial and old:
A Punishment invented first to awe
Masculine Wives, transgressing Natures Law.
Where when the brawny Female disobeys,
And beats the Husband till for peace he prays:
No concern'd Jury for him Damage finds,
Nor partial Justice her Behaviour binds;
But the just Street does the next House invade,
Mounting the neighbour Couple on lean Jade.
The Distaff knocks, the Grains from Kettle fly,
And Boys and Girls in Troops run houting by;
(375－86)

（連中が情報活動を行なう）グリニッチから、勇ましくて古風な暇つぶしの知らせが入る。元来、自然法を犯す男勝りの女房を恐れさせるために考案された懲罰だ。グリニッチでは屈強な女が言うことを聞かず、夫の方から仲直りを乞うまで夫を打つときには、当の陪審が夫の被害を認めたり不公平な判事が女の行為を拘束するのでなく、公平な街の人々がその隣の家に侵入し、隣の夫婦をやせ馬に乗せる。杖は叩き、穀粒は鍋から飛び出し、男の子と女の子はいくつかの群になって野次りながら走りまわる。

次行に続くところからスキミントンとは「法律によるよりも羞恥心に訴えることによって、家庭内の愚行を抑え、罪のない見せ物によって若者たちを教える賢明な古風習」である（三八七―九）。マーヴェルもこれに倣い、羞恥心に訴えることによって、宮廷と王室の非を正そうとした。彼が画家に指示を与えてきたのは「罪のない見せ物」を描かせるためであった。たしかにそれは見せ物にはちがいない。だが、「罪のない」と言うにしては、厳しすぎるのではないか。それはマーヴェルの愛国心と正義感がそれだけ強かった、ということであろうし、また宮廷の退廃ぶりもそれほどひどかったということであろう。

【注】

（1）吉村伸夫「新しいマーヴェル像のために」『英語青年』一九八四年十二月号（研究社）、二ページ。および『英米文学辞典』（研究社、一九八五）八二八ページ。
（2）Cunningham, *Samuel Johnson: Lives of the Most Eminent English Poets* Vol. I., 183
（3）Dustin Griffin, *Satire: A Criiical Reintroduction* (Lexington, Kentucky: The UP of Kentucky, 1994), 116–7.
（4）Seidel, *Satiric Inheritence: Rablais to Sterne*, 138.
（5）以下 H. M. Margoliouth, ed. *The Poems and Letters of Andrew Marvell* Vol. I. Third Edition. Revised by Pierre Legouis with the collaboration of E. E. Duncan-Jones. (Oxford: The Clarendon Press, 1971)347f による。
（6）Margoliouth Vol. I, 346.
（7）以下 Margoliouth Vol. I, 350 による。
（8）Margoliouth Vol. I, 289.
（9）Margoliouth Vol. I, 289.
（10）Margoliouth Vol. I, 350.
（11）吉村伸夫（訳）『マーヴェル詩集』（山口書店、一九八九）、三三五ページ。
（12）Margoliouth Vol. I, 351.
（13）吉村伸夫『マーヴェル書簡集』（松柏社、一九九五）、六〇九ページ。
（14）Margoliouth Vol. I, 352–3
（15）Margoliouth Vol. I, 352.
（16）夏目漱石『文学評論』漱石全集第十巻、二五六—五七ページ。
（17）Margoliouth Vol. I, 353.
（18）H. M. Margoliouth, ed. *The Poems and Letters of Andrew Marvell* Vol. II. Revised by Pierre Legouis with the collaboration of E. E. Duncan-Jones. (Oxford: The Clarendon Press, 1971), 325, 386.
（19）Ruth Nevo, *The Dial of Virtue* (Princeton: Princeton UP, 1963), 175.
（20）Nevo, 175.

（21）Margoliouth Vol. I, 353.
（22）Margoliouth Vol. I, 355.

ジョン・ドライデン

第五章 『アブサロムとアキトフェル』

一

王政復古により亡命先フランスからイギリスに迎えられたチャールズ二世（一六三〇—八五）であったが、彼には嫡出子がなかった。そのため一六七〇年代後半になるとチャールズ二世後継者問題につき、国内に不安が増大しつつあった。すなわち後継者である弟ヨーク公ジェイムズはローマ・カトリック教徒であり、ジェイムズが王位を継承した場合に、自分たちの宗教上、政治上の自由はどうなるのかと、多くのイギリス人は気をもんでいたのである（注1）。

社会にさらなる恐慌をひきおこしたのは、一六七八年のローマ・カトリック教徒陰謀であり、これはチャールズ二世を殺害してヨーク公を即位させようとする陰謀であるとされた。後にこれは告発者タイタス・オーツの作り話であることが判明したが、人々は不安にかられた（注2）。さらに議会では一六七九年四月から五月にかけて、さらに一六八〇年十一月に王位継承排斥法案 Exclusion Bills が討議され、提出された。国王と上院による反対のため成立こそしなかったが、これは上述ヨーク公の即位を阻止し、チャールズ二世の庶子でプロテスタント教徒であるモンマス公を擁立しようとするものであった。

宮廷に対する反対者たちの立場はホイッグ党というまだはっきりしない政党形成という形をとりつつあったが、その指導者たちの一人がシャフツベリ伯であった。動向がチャールズ側に有利になった一六八一年の夏に、シャフツベリは逮捕され、反逆罪の科でロンドン塔に幽閉された。この判例は予備審問の段階で却下の判決が出されて、上院による裁判に持ち込むには国王側の証拠は不十分とされた。上院による裁判が行なわれていたならば、シャフツベリはほぼ確実に有罪を宣告されていただろう。『アブサロムとアキトフェル』*Absalom and Achitophel* はこのような状況下にあって、世論の動向を国王側につける目的で、つまり裁判の行方に影響を及ぼす目的で書かれた諷刺詩である、というのが一般論である。裁判の行方に影響を及ぼす目的でという点には異論もあり、裁判の結果はシャフツベリに有利になることは分かっていたが、世論一般を国王側に導く目的で書かれたとする。出版は一六八一年十一月であった。

いずれにせよ作者ドライデンの立場ははっきりしている。すなわちそれは国王側に立ってシャフツベリの立場を不利にすることである。ドライデンはこの目的を達するのにどのような戦術を用いているか。また立場がはっきりしているにもかかわらず、個々の表現で曖昧なところはないのか。この詩は一般に非常に完成度が高く、また成功した作品とされているが、それはどこに原因があるのか。このような観点からこの詩の解明を試みたいと思う。

この詩が成功した大きな理由のひとつは、ドライデンのバランス感覚が生かされていることである。彼の性格がそのまま生き方にあらわれている点をまとめてみると、ドライデンは「時勢をみることが明敏なひとであったと思われる。ドライデンは共和政府によくつかえてよくつとめ、クロムウェルが死んだときにはその死を哀悼する詩を出版した。しかしその共和政府がたおれ、チャールズ二世がフランスから帰って王位につくと『帰った星』*Astraea Redux*（一六六〇）や国王の戴冠をたたえる詩を書いておおやけにした。国教のために『俗人の宗教』*Religio Laici*（一六八二）を新教の立場で書いたが、その数年後にはジェイムズ二世にしたがって旧教の立場から『牡鹿と豹』*The Hind and the Panther*（一六八七）を書いている」ということになる（注3）。このような人は、言ってみれば、状況によっては、シャフツベリ側について国王を諷刺することもできたであろう。

二

世論に影響を与える詩を書こうとするドライデンにとってまず問題は国王チャールズの放縦ぶりである。相手側が擁立するモンマス公が庶子であること自体、チャールズの立場にとって決して好ましいことではない。この難点をドライデンはどのように解決するか。

『アブサロムとアキトフェル』は寓意諷刺詩である。すなわち当世の政治状況を諷刺するにあたって、ドライデンは旧約聖書サムエル記下第十三章—十八章にあるダビデと庶子アブサロム、そして助言者アキトフェルを題材とした。チャールズ二世をダビデ王と見立てることによって、国王に重みを与え、さらにモンマス公をアブサロム、シャフツベリ伯をアキトフェルと見ることによって話全体に重みを与えたのである。

旧約聖書に寓意の根拠をおいたのはドライデンが最初ではなかった（注4）。すなわち王政復古時にはチャールズの亡命と帰還をダビデのそれになぞらえることは、もはや陳腐になっていたほどである。さらにすでに一六二七年に書かれた説教の中には邪悪な政治家としてアキトフェルを呈示しているものがある。そしてついに一六八〇年には『アブサロムの陰謀あるいは反逆の悲劇』において、モンマス公はアブサロムとされ、シャフツベリ伯はアキトフェルとされたのである。このように見れば、ドライデンがアブサロム、アキトフェル、ダビデに寓意を求めたのは、まさに時流に乗っていたのである。さらに聖書的寓意をさかんに用いたのが共和主義者と国教反対者、ホイッグ党員であったことを思えば、ドライデンは相手側の好む方法で、相手側を諷刺したことになる（注5）。

冒頭を見てみよう。

In pious times, ere priestcraft did begin,
Before polygamy was made a sin,
When man on many multiplied his kind,
Ere one on one was cursedly confined;
When nature prompted, and no law denied
Promiscuous use of concubine and bride;
Then Israel's monarch, after heaven's own heart,
His vigorous warmth did variously impart
To wives and slaves: and wide as his command

Scattered his maker's image through the land.

(1 – 10)

信心深い時代に、聖職が始まる前のこと、一夫多妻が罪とされる以前、人が多くの女性相手に子孫を増やした当時、いまいましくも一人の男が一人の女に限定される以前のことである。自然が促し、愛人と妻を手当たり次第に相手にすることを禁ずる法律がなかった頃、イスラエルの王は天の御心に適う者として、妻たちと奴隷たちに力強い優しさを与えた。かくして、王の支配の如くに広く国中に創造者の似像を散在させた。

第一行"priestcraft"の意味としてP・ハモンドは（一）聖職という職業、と（二）聖職者の策略、の二つをあげている（注6）。後者はOEDがドライデンのこの箇所を引用例としてあげている定義であり、"Priestly craft, or policy; the arts used by ambitious and worldly priests to impose upon the multitude or further their own interests"とある。ここでドライデンが一夫多妻を（ミルトンのごとく）擁護したのかどうかというよりも、この十行を読んだ印象としては、ダビデにはそれが許された、したがってチャールズにはそれが許されている、という意味に受け取れる。チャールズの反対者を諷刺する際、チャールズの弱点をうまく、そして何げなく正当化しようとしている。

さて詩人はチャールズを何げなく正当化しようとしていると言ったが、はたしてそれは詩人の真意であろうか。ファーリ・ヒルズによればこの詩の主題は混乱という危険性である。この詩は全体の流れとして、冒頭の混乱から最後の長い演説においてダビデが示す王権と威厳の主張へと移行していく（注7）。この考えは正しいと思う。これは千行を越す長い詩であり、緻密な構成が施されている。チャールズが美徳の人であれば、チャールズを弁護するのは容易である。だが、誰が見てもチャールズは放縦である。チャールズが病んでいるから国が病んでいる（注8）。その混乱を認め、示してからアキトフェルの邪悪を明らかにしようとする。戦術として巧妙ではないか。

さて具体的に詩行を吟味すると、ダビデが生存していた時代に聖職はなかったのか。サウル王がサムエルに示している敬意から察しても、じゅうぶん聖職が始まっていたことがうかがえる（注9）。

一夫多妻に関してはどうか。ダビデには明らかに複数の妻たちが存在していた（注10）。一夫多妻が認められていたのである。だが、計画的に部下ウリヤを戦場で死なせて、その妻バセシバを妻としたことについては預言者ナタンより、罪を責められている。理由はともかくとして、旧約聖書で正当化されている一夫多妻と、詩行にある「自然が促し、愛人と妻を相手とすることを禁ずる法律がなかった」頃の状態は相違している（注11）。すなわち詩行にあるのは、堕罪前の、といってもアダムとイヴの状態ではないが、ある意味では罪がない、現実離れした状態である。「ドライデンは意図的に三つの年代を混同している。すなわち、聖職者を必要とせず、人間が性的犯罪を意識する以前の、放蕩文学で解釈される堕罪前の状態。次に、すべての、ではないが、かなりの性的自由を認める旧約聖書の律法。パウロの制限をふくむ新約聖書の律法である」とファーリ・ヒルズは言っている（注12）。

ここでヒルズが指摘している如く、第一の可能性を「放蕩文学で解釈される堕罪前の状態」と言い切ってしまってよいのかどうかわたしにはわからない。だが「自然が促し、愛人と妻を手当たり次第に相手にすることを禁ずる法律がなかった頃」という表現の中には一種の罪のなさが感じられる。ヒルズが論ずる如くここでドライデンは、表面的に放縦を認めているように見せかけながら、混乱を示している。だが、同時にここで詩人はチャールズがもつ一種独特の罪のなさを示し、暗にそれを後出のアキトフェルの邪悪と対比させている、と感ずるのである。

「誘惑と堕罪の現代的な例として『アブサロムとアキトフェル』は『失楽園』の概要に従うものである」とフェリーは言ってこれら二作品の比較を試みている（注13）。鋭い指摘であると思う。ドライデンは目前の事件を聖書の記事と登場人物を用いて表現することによって、重みを与えたことは前に述べたが、ここで具体的に例を求めれば、それは"pious times"や"nature prompted"に見られる。すなわちそれは、「ダビデが統治していた『信心深い時代』であり、文明が『禁ずる』以前に『自然が促した』ものを表現する単純な自発性を牧歌的に連想するように指示される世界」である（注14）。

この冒頭においてチャールズをダビデと見立てることにより、ドライデンはチャールズに重みを与えた。十七世紀イギリスから見ればダビデの時代は古い世界であるが、それにエデンの趣きを与えることにより、ドライデンはさらに古代の、まさに原初の趣きを与えている。すでにこの詩につけた前書きでドライデンはアキトフェルによるアブサロムの誘惑に触れ、「彼（アブサロム）が誘惑に耐えなかったのは、アダムが蛇と女という二人の悪魔の誘惑に耐えなかったのと同様である」と言って、はっきりとダビデの時代と始祖の時代を比較している（注15）。すなわち、十七世紀イギリスからダビデの時代に、そしてさらに始祖の時代へと遡っているのである。

先に「自然が促し、愛人と妻を手当たり次第に相手にすることを禁ずる法律がなかった頃」という表現の中には一種の罪のなさが感じられると言ったが、フェリーが言う「文明が『禁ずる』以前に『自然が促した』ものを表現する単純な自発性を牧歌的に連想する」（pastoral associations of simple spontaneity expressing what "Nature prompted" before civilization "deny'd"）という表現は、このわたしの考えを支持していると考えるのである。「諷刺詩の起源と進歩に関する論考」"A Discourse concerning the Original and Progress of Satire"において諷刺の方法についてドライデンが論じ、「人をぞんざいに惨殺することと、頭を胴体から切り離してなお元の位置に残す一撃の切れ味との間には大きな隔たりがある」と述べるくだりがある（注16）。この諷刺詩全体についてこのような切れ味があるかどうかは、冒頭を読んだだけではわからない。が、この冒頭に関して言えば、チャールズに重みを与え、世界を始祖の世界に遡らせて詩全体に大きな視野を与え、さらに放縦の故に弁護することが困難なチャールズに罪のなさという印象を与えたとすれば、まさにそれは並々ならぬ手並み、切れ味の良さであると思うのである。

三

上述のごとく、チャールズをうまく、そして何げなく正当化しようとするのは、ドライデンの性格によるのであり、またこの詩全体で彼が用いている戦術である。ドライデンは前書きにおいてこのように言っている。「だがもし詩に力があれば、それは世界で受け入れられるように道を開くだろう。すぐれた詩には読む者を傷つけながらも、くすぐる優しさがある。意に反して自分を喜ばせる者に心から怒る者はいない」と（注17）。すぐれた詩がもつ「くすぐる優しさ」を戦術として用いている例を求めれば、それはまずアブサロムすなわちモンマス公の扱い方にある。アブサロムが最初に言及されている箇所を引いてみる。

Of all this numerous progeny was none
So beautiful, so brave as Absolon:
Whether, inspired by some diviner lust,
His father got him with a greater gust,
Or that his conscious destiny made way
By manly beauty to imperial sway.
(17–22)

この多くの子のなかでアブサロムほど美しく勇気ある者はなかった。何か通常以上の天来の力に霊感を受けて彼の父が大きな喜びと共に生ませたのか、それともみずから自覚する運命が男らしい優美によって帝国の統治にまで道を明けたのか。

モンマス公は顔立ちがよく、如才のない人物で、王や女性たちに好かれたということである（注18）。また旧約聖書のアブサロムも「イスラエルの中でアブサロムほど、その美しさをたたえられた男はなかった。足の裏から頭のてっぺんまで、非のうちどころがなかった」（サムエル記下一四・二五）と書かれている。だからここでアブサロムが美しかったと言っても、事実の歪曲ではない。

だが、それにしてもアブサロムを諷刺する詩の中で、まずアブサロムの弱点を強調しないで、美点をはっきり述べるのは何故か。思うにひとつにはチャールズの血を引くモンマス公とそうでないシャフツベリの間に差をつけるためである。モンマス公の弱点を強調すれば、それはチャールズの血を引くからだ、と反論される。美点を強調すれば、チャールズの血を引いていることが有利になる。すなわちチャールズ自身が美点を備えていることになる。さらにモンマス公が好青年であることになれば、悪いのは彼を誘惑するシャフツベリである、ということになる。そういう狙いもあると考える。

事実シャフツベリの外観に関してこのような詩行がある。すなわち“A fiery soul, which working out its way / Fretted the pigmy body to decay, / And o'erinformed the tenement of clay.”（156–58）（気性の激しい人で苦労して道を開き、矮小な身体を消耗して衰弱させ、土でできた住みかを酷使し過ぎたのだ）と。シャフツベリは背も低く、生涯病弱であったという（注19）。“fiery”という語をシャフツベリの外観の醜悪さと結びつけ、それと自分の詩がもつ大様さを無言のうちに対照させる。さらに言えば、自分が味方するチャールズも、シャフツベリとは対照的に大様なのだ、と言っているようである。

シャフツベリのみならず、シャフツベリの息子も言及されており、息子同士という意味で直接にモンマス公と比較されている。“And all to leave what with his toil he won / To that unfeathered, two-legged thing, a son:/ Got while his soul did huddled notions try, / And born a shapeless lump, like anarchy.”（169–72）（すべては彼が苦労して獲得したものを、息子という羽根のない二本足のものに残すためか。彼の心が混乱した考えを試みているあいだにもうけられ、無政府状態のように形がない塊として生まれた）シャフツベリの頭が混乱しているときにできた子だから、形がない、したがって無政府状態だ、というウイットに富んだ表現である。シャフツベリの息子は事実身体が弱く、政治的にも重要性がない存在であった（注20）。

モンマス公の好人物ぶりは、チャールズに対するモンマス公の態度にもみられる。すなわち、チャールズに関してモンマス公は、

My father governs with unquestioned right,
The faith's defender, and mankind's delight:
Good, gracious, just, observant of the laws,
And heaven by wonders has espoused his cause.
(317－20)

父上は異論なき権利によって治めておられる。信仰の擁護者、人類の喜びとして。善良で恵み深く、公平で法律を遵守される。神は不思議を行なって父上の目標を支持してきたのだ。

と言っている。

シャフツベリの甘言に乗りそうになりながらも、モンマス公はためらっている（三一三）。それは彼の身体に流れる「忠誠の血」（loyal blood）（三二四）の故であるとされているが、“loyal”が“royal”を想起させ、ここでもモンマス公とシャフツベリの間に差をつけているようである。さらにここでモンマス公の口からチャールズの美徳を述べさせるのは巧妙である。すなわち、このような状況でなお国王の美徳を認めるのは、モンマス公の人柄が良いということになるし、またチャールズにはそれだけ無視できない美徳があるということになるからである。

四

さてここでドライデンのバランス感覚がうまく生かされている点を、この詩の構成面にみてみたい。第一行から一〇三一行までの構成は次のようである。数字は行数を表わすものとする。ダビデ（チャールズ二世）について（一―一六）、アブサロム（モンマス公）について（一七―四二）、ユダヤ民族（イギリス人）について（四三―八四）、エブス人（ローマ・カトリック教徒）について（八五―一四九）、アキトフェル（シャフツベリ）について（一五〇―二二九）、アキトフェルのことば（二三〇―三〇二）、アブサロムのことば（三一五―七二）、アキトフェルのことば（三七六―四七六）、アキトフェルのことばによって影響された人々（四七七―六八一 ――その中にジムリ〈第二代バッキンガム公爵〉など指導者たちを含む）、アブサロムのことば（六九八―七二二）、社会の一般的状況（七二三―五八）、王位継承排斥法案に関する詩人の見解（七五九―八一〇）、ダビデの味方たち（八一一―九三二）、ダビデについて（九三三―三八）、ダビデのことば（九三九―一〇二五）、そして結語（一〇二六―三一）となる。

このように内容と行数を書いてみると、アキトフェルに関する行数が最も多いことがわかる。アキトフェルについて述べた詩行が八十行（一五〇―二二九）、アキトフェルのことばが一七四行（二三〇―三〇二、三七六―四七六）で、合計すると二五四行となる。この諷刺詩全体の約四分の一がアキトフェルに当てられていることになる。アブサロムの場合は描写が二六行、ことばが八三行で、合計すると一〇九行である。アブサロムに関する詩行はアキトフェルに関する詩行の約四割である。題は『アブサロムとアキトフェル』であるが、詩人はアキトフェルに重点をおいていることは明らかである。そしてアキトフェル自身の科白がアキトフェルの叙述の二倍あるのだから、ドライデンはアキトフェルに語らせて、そのことばによって彼の人となりを読者に判断させようとしている如くである。ダビデに関しては最初に叙述があった後は、最後に長く語る——八七行——（九三九—一〇二五）までは、直接的には登場しない。ダビデが最後に王権を回復するという構成を計画してこの詩が書かれたとしたら、これも巧妙である。すなわちダビデ（チャールズ）は統治者としてすべてを知った上で、事の成り行きを見極め、最後に統治者らしくすべてをまとめる、という印象を与えるからである。ここでもダビデに語らせることによって、権威者として印象づけようとしている。これも成功していると考える。

さらにアブサロムとアキトフェル、ダビデに関する詩行以外の詩行を考えてみると、ユダヤ民族（イギリス人）について四二行（四三—八四）、エブス人（ローマ・カトリック教徒）について六五行（八五—一四九）、アキトフェルのことばによって影響された人々二〇五行（四七七—六八一）、社会の一般的状況三六行（七二三—五八）、王位継承排斥法案五二行（七五九—八一〇）となって、計四〇〇行であり、全体の三分の一を軽く越えている。アキトフェルとアブサロムとダビデに当てられた詩行（それぞれ、二五四行、一〇九行、一〇九行）を合計すると、四七二行となる。すなわち、この詩がアキトフェルとアブサロムとダビデの言及に終始していないことは明らかである。単純に考えてみて、この詩がアキトフェルとアブサロム、特にアキトフェルに対する批判とダビデに対する称賛に終始していないことによって、読者に受け入れられやすい諷刺詩になっていると考える。

要するにドライデンはこの諷刺詩を書くにあたり、主題からみて、最も効果的な構成を考えたということだろう。ドライデンは安易に「当時あるいは以前に用いられていた多くの諷刺的モティーフを用いることをしなかった。最も一般的モティーフの中には、画家への助言、夢ヴィジョン、問答、諷刺的書簡、諷刺的バラッド、バーレスクがあった」ことをマイナーは指摘している（注21）。またドライデンは「ダン、バトラー、オールダム、マーヴェル、ロチェスターとは異なって、自分が書く諷刺の種類あるいはフィクションで同じことを繰り返さない」ともマイナーは言っている（注22）。だから同じシャフツベリのことを書いても、『アブサロムとアキトフェル』と『メダル』では大いに書き方が異なっている。試みに『メダル』の冒頭を示すと、

Of all our antic sights and pageantry
Which English idiots run in crowds to see,
The Polish medal bears the prize alone:
A monster, more the favourite of the town
Than either fairs or theatres have shown.
Never did art so well with nature strive,
Nor ever idol seemed so much alive;
So like the man: so golden to the sight,
So base within, so counterfeit and light.

(1–9)

イギリスの愚か者たちが群がって見にいく風変わりな見もの、見せ物の中で、ポーランド風勲章が一等賞だ。市や演劇が見せた以上に町方のお気にいりの怪物。芸術がこれほど自然と競ったことはなく、偶像がこれほど生き生きしたこともない。この男にふさわしい。見た目には黄金で、中身は卑しく、まがいもので軽い。

シャフツベリが反逆罪で起訴され、大陪審が却下の判決を出したことは先に述べたが、これを祝うためにホイッグ党員たちによりシャフツベリの像を刻んだメダルが鋳造された。ドライデンは怒りで唇の色を失うほどであった（注23）。事態は全面的憤慨と無政府状態の不安に達していたのである。だからこのように感情をむき出しにしたような表現が見られる。特に前半にその傾向がいちじるしい。

五

さてここでアキトフェルによるアブサロム誘惑と『失楽園』における悪魔のイヴ誘惑について考えてみたい。いうまでもなく『失楽園』においては悪魔がイヴを誘惑して禁断の実を食べさせ、アダムは「騙されないで」ではあるが（九・九九八）イヴにすすめられて実を食べ、二人は堕罪する。二人が堕罪することにより自然界も痛みを知り、変化が起こる。すなわち人間が堕罪するまではエデンも罪を知らなかったのである。だから、悪魔が長い道のりを経てエデンに到達し、これを見るとき、悪魔対アダムとイヴ、というよりも、悪魔対アダムとイヴを含むエデン、すなわち悪魔対罪を知らない楽園という構図が成立するのである。

これをアキトフェルによるアブサロム誘惑にあてはめればどうか。イギリスの社会がエデンのごとく罪を知らない状態であったとはとても言えない。アキトフェルのみならず、チャールズもアブサロムもイギリス国民も堕罪後の世界に存在するという意味では、みな罪の世界にいる。だがアキトフェルを誘惑者としてうまく描くにはどうしても堕罪前のエデンのイメージが必要である。それはどこにあるかと言えば、アブサロムにある。すなわちアブサロムには悪魔に誘惑されるイヴのイメージのみならず、罪を知らないエデンのイメージが与えられている。アキトフェルに語りかけられる以前のアブサロムの描写に楽園のイメージがあると考える。

In peace the thoughts of war he could remove,
And seemed as he were only born for love.
Whate'er he did was done with so much ease,
In him alone 'twas natural to please:
His motions all accompanied with grace,
And paradise was opened in his face.
With secret joy indulgent David viewed
His youthful image in his son renewed;
To all his wishes nothing he denied,
And made the charming Annabel his bride.
What faults he had (for who from faults is free?)
His father could not, or he would not see.
Some warm excesses which the law forbore
Were construed youth that purged by boiling o'er;

And Amnon’s murther by a specious name
Was called a just revenge for injured fame.
(25–40)

平和時にあっては彼は戦いを頭から除くことができ、愛のみのために生れたごとく思われた。何ごとも穏やかに成し遂げたので、彼のみ人を喜ばせることが自然であった。彼の動作すべてには品があり、顔には楽園が映し出されていた。秘かな喜びをもって子供に甘いダビデは、若き日の似姿が息子の中に再生されているのを見た。息子が望むものは何も拒まず、魅力あるアナベルを花嫁とした。息子にある欠点を（欠点がない者があろうか）父は見ることができなかった、あるいは見ようとしなかった。法律が見過ごしにしたいくつかの情熱の行き過ぎは、発散することで浄化される若さと解釈された。もっともらしい名によるアムノン殺しは名声を傷つけられたことに対する正しい報復と呼ばれたのである。

『失楽園』における楽園の描写は第四巻にある。それは地獄から長い道程を経てようやく楽園に到着した誘惑者の眼を通して描写される。楽園の描写に続いてアダムとイヴの描写がある（注24）。ここで上に引用したアブサロムの描写と『失楽園』第四巻の楽園とアダムとイヴの描写を比較しようと思う。

まず平和あるいは平和愛好に関して。“In peace the thoughts of war he could remove”（25）を読めば、アブサロムが戦いを好むのではないことが示されている。戦争と誘惑は同一のものではないが、誘惑がなければ、楽園すなわち誘惑される前のアブサロムは平和であると読めるようである。

第二は愛に関してである。次行“And seemed as he were only born for love”（26）は楽園におけるアダムとイヴの愛の表現を想起させる。たとえば“hee in delight / Both of her Beauty and submissive Charms / Smil’d with superior Love . . . and pressd her Matron lip / With kisses pure:”（*PL* IV, 497–502）（アダムはイヴの美しさと従順な魅力をうれしく思い、さらにすぐれた者の愛情を示してにっこりした……そしてまじり気のない接吻をもって彼女の妻らしい唇に口づけした）にあるような愛の歓喜とつながると考える。

第三は事を遂行する際のたやすさ（ease）である。“Whate'er he did was done with so much ease”（27）に呼応する楽園の描写を“ease”を鍵として『失楽園』第四巻に求めれば、“after no more toil / Of thir sweet Gardning labour then suffic'd / To recommend coole Zephyr, and made ease / More easie, wholsom thirst and appetite / More grateful”（IV, 327–31）（涼しいそよ風を快く思わせ、また安楽な気分をもっと安楽にし、健康な喉の渇きと空腹をさらにありがたいものとするに足るほどの庭つくりの仕事の後で）に、“ease . . . easie”の表現がみられる。すなわち楽園の庭仕事もアダムとイヴにとって義務というより快適な労働であり、同様にアブサロムも能力と人柄故に、何ごとも義務感なしに快く遂行したのである。

第四は創造主の像である。第三〇行には“paradise”という語がそのまま用いられているが、次の二行“David viwed / His youthful image in his son renewed”（31–2）には創造主と始祖の関係がある。“for in thir looks Divine / The image of thir glorious Maker shon”（*PL* IV, 291–92）（二人の神々しい顔には、彼らの栄えある創造主の像が輝いていた）と『失楽園』には書いてある。“His youthful image”と“image”に“youthful”という形容詞がつくことにより、まだ罪を知らない純情な頃のチャールズの似像という印象を与えている。

問題は第五の類似点、与えられた自由である。“To all his wishes nothing he denied”（33）は、アダムのことば“Then let us not think hard / One easie prohibition, who enjoy / Free leave so large to all things else, and choice / Unlimited of manifold delights”（IV, 432–35）（だからひとつの簡単な禁止をきびしいと考えないことにしよう。わたしたちは他のすべてのことと、多様な楽しみを無限に選ぶ大きい自由な許しを得ているのだから）と呼

応する。ただしアダムとイヴには“prohibition”がある。これがアブサロムとの大きな相違である。「息子にある欠点を……父は見ることができなかった、あるいは見ようとしなかった」（三五―三六）を含む五行はこの“prohibition”を曖昧にしている。それはこの詩全体がもつあいまいさとつながっている。すなわちそれは「善悪、正邪、幸不幸をきちんと二つに分けられるようなものではない」曖昧である（注25）。

【注】

（1）Paul Hammond, ed. *The Poems of Dryden* Vol. I. (London & New York: Longman, 1995), 445f.
（2）トレヴェリアン著　藤原浩他訳『イギリス社会史』（みすず書房、一九七一）、二一八ページ。
（3）矢本貞幹『イギリス文学思想史』（研究社、一九六八）、四八ページ。
（4）Nevo, *The Dial of Virtue*, 246-47.
（5）Nevo, 244－46.
（6）Hammond, 454.
（7）Farley-Hills, *The Benevolence of Laughter*, 114.
（8）Farley-Hills, 117.
（9）Farley-Hills, 116.
（10）Hammond, 455.
（11）Farley-Hills, 115. 参照.
（12）Farley-Hills, 117.
（13）Anne Ferry, *Milton and the Miltonic Dryden* (Cambridge, Mass.: Harvard UP, 1968), 25.

(14) Ferry, 25.
(15) Ferry, 25.
(16) W. P. Ker, ed. *Essays of John Dryden* Vol. II. (Oxford: The Clarendon Press, 1900), 93.
(17) Hammond, 451.
(18) Hammond, 455–56.
(19) Hammond, 468.
(20) Hammond, 470.
(21) Earl Miner, *The Restoration Mode from Milton to Dryden* (Princeton: Princeton UP, 1974), 441.
(22) Miner, 441–2.
(23) Miner, 442.
(24) 拙著『「失楽園」の世界』（創元社、一九八七）、一三一—三四ページ参照。
(25) 北村常夫『英国諷刺文学の諸相』（朝日出版社、一九六九）、七三ページ。

第六章『アブサロムとアキトフェル』における曖昧と虚構

前稿の最後でアブサロムに見られる楽園イメージについて『失楽園』と比較しながら論じた。ここではその楽園イメージが崩れる様子を検討したい。すなわち全体としてのアブサロム描写に生じる曖昧をみたいと思う。曖昧は他の箇所にもある。すなわちダビデの敵と味方の描写、そして最後のダビデの演説に見られる曖昧も吟味したい。

一

さて前稿で見たごとく「息子にある欠点を……父は見ることができなかった、あるいは見ようとしなかった」(三五―三六)とあるが、はたしてそのようなことで事が済まされるのかという疑問がわいてくる。ダビデはアブサロムの中に「若かった頃の自分の姿」を見た。たしかに「若かった頃の」という形容詞によって、罪を知らない純情な頃のチャールズという意味が頭に浮ぶ(注1)。だが読み進んで、「法律が見過ごしにしたいくつかの情熱の行き過ぎは、発散によって浄化される若さと解釈された」までくると印象は変ってくる。アブサロムの若さは浄化される必要があるのか、と考えさせられる。「若かった頃の」という形容詞の中に読み取っていた罪を知らない、という含意があいまいになってくる。"warm excess"の"warm"から文字通り感じていた温かいものが、冷たい感じに変ってしまう。その冷たさは「アムノン殺し」という表現によって増幅されるのである。

サムエル記下十三章によれば、アブサロムは異母兄アムノンに妹タマルを辱められたので、アムノンをはげしく憎悪し、ついに従者たちに殺害させてしまう。モンマス公に関してこれと呼応する事件が二つ考えられる（注2）。ひとつは一六七一年他の二人の公爵と共に教区典礼部役員ピーター・ヴァーネル（Peter Vernell）を殺害した事件であり、もうひとつは殺人事件にこそならなかったが、一六七〇年ジョン・コヴェントリ卿（Sir John Coventry）襲撃事件である。このような具体的事件を知らなくとも、アムノン殺しが「正しい報復と呼ばれた」で済ませて良いのか、と読者は考える。換言すれば、第二五行から始まったアブサロム描写における楽園のイメージは第三七行「法律が見過ごしにした……」の辺りから崩れていくのである。

アブサロム描写にはたしかに楽園のイメージがある。アブサロムはアキトフェルの誘惑によってダビデの統治転覆を決心する段階で堕罪すると言ってよいと思うが、それ以前にいわば別の意味で彼はすでに罪の中にいる。すなわち、アブサロムの場合には、『失楽園』のアダムとイヴのごとく、誘惑によって無垢から罪へ堕罪する、という単純な構図が描けない。誘惑がある以前にすでに無垢とはいえない状態にある、という印象を読者は受けるのである。

アブサロムを誘惑するアキトフェルには『失楽園』の誘惑者悪魔が重なって感じられるが、一度王位継承者として立とうと決心すると、今度はアブサロム（モンマス公）が誘惑者となって、一般大衆を誘惑するのである。

Surrounded thus with friends of every sort,
Deluded Absalom forsakes the court;
. . .
Th' admiring crowd are dazzled with surprise,
And on his goodly person feed their eyes.
His joy concealed, he sets himself to show,
On each side bowing popularly low;
His looks, his gestures and his words he frames,
And with familiar ease repeats their names.
Thus, formed by nature, furnished out with arts,
He glides unfelt into their secret hearts;
(682–93)

かくあらゆる友人に囲まれて、惑わされたアブサロムは宮廷を見捨てる。……いぶかる群衆は仰天し、魅力的な彼の姿に目を注ぐ。喜びを隠し、彼は自らを誇示し、好かれるように腰低く、両側に頭を下げる。表情と動作と言葉を工夫し、慣れたやすさで人々の名前を繰返す。かくして、生れながらに形成され、策略を与えられて、彼は悟られないまま人々の心中深く入り込む。

先にこの詩の冒頭におけるアブサロム描写にある楽園イメージが途中から崩れていくことに言及した。無垢であるのは見せ掛けだけである。ここでは、第六八七行にあるごとく（「魅力的な彼の姿」）、自分の楽園イメージを利用しながら、足らないところは策略と工夫で補っている（六九〇―九二）。「魅力的な彼の姿」には楽園どころか、『失楽園』においてイヴを誘惑する際の蛇の美しい姿が重なってくる。すなわち「彼の姿は快く、愛すべきものであった。その後蛇類の中でこれほど愛すべき姿を示したものはなかった。イリュリアでヘルミオネとカドモスが変身した蛇も、エピダウロスのあの神もこれには及ばなかった」（九・五〇三―七）と書いてある（注3）。

こうなると冒頭にあった「何ごともたやすく成し遂げたので／彼のみ人を喜ばせることが自然であった」（二七―二八）が何とも皮肉に響いてくる。ここで鍵となるのは「たやすく」（with so much ease）の「たやすさ」（ease）と「自然」（natural）である。「彼は悟られないまま人々の心中深く入り込む」（六九三）には「たやすさ」という表現はないが、たやすく入り込むという印象を受ける。意味から考えて、ここには明らかに『失楽園』における悪魔のイヴ誘惑の場面が重なっている。すなわち「彼のことばは策略に満ちて、あまりにたやすくイヴの心中に入り込んだ」（九・七三三―三四）に“too easie entrance”の表現がある。

アブサロムが「腰低く……頭をさげる」（六八九）ところは、イヴを誘惑しようとしてイヴの気をひく蛇の卑屈な態度に呼応している。すなわち「しばしば蛇は立てた頭とつやつやしたまだらの首をへつらって下げ、イヴが歩んだ地面をなめた」（九・五二四―六）とある。

このように巧妙に考えられた言動の結果はどうか。アブサロムは救世主として迎えられるのである。

Youth, beauty, graceful action seldom fail,
But common interest always will prevail:

And pity never ceases to be shown
To him who makes then people's wrongs his own.
The crowd (that still believe their kings oppress)
With lifted hands their young Messiah bless,
Who now begins his progress to ordain
With chariots, horsemen and a numerous train.
(723 – 30)

若さと美しさと品のよい動作はめったにしくじらない、が、共同の利害がつねに力をもつもの。人々の不当な待遇を自分のものとする者に同情が絶えることはない。（いまだに国王たちが抑圧すると信ずる）群衆は手を上げて若い救世主を祝福し、彼は馬車と騎兵と多くの供を連れて制定の行進を始める。

自分の外観の良さを利用して大衆の心情につけ入ったアブサロムは、ついに救世主として迎えられるに至るのである。誘惑者が救世主として迎えられているのであるから、まさに本末転倒であり、「平和そのものが仮面をつけた戦争である」（七五二）のも当然と思われる。

二

ここでダビデ（チャールズ二世）の敵と味方に関する詩行に目を転じてみよう。敵に関しては第五四三行から六八一行まで書いてある。味方についてはこのように始まっている。「彼（チャールズ）にはほとんど味方がいない。狂気がそれほどはびこっているのだ。あえて味方になろうとすればきっと民衆の敵になる。けれども最悪の時にあっても味方はいた。何人か名前をあげるが、名前をあげるというのは称賛するということだ」（八一三―十六）バージレイ（Barzillai）で始まって（八一七）第九三二行まで続いている。

旧約聖書でバージレイはアブサロム反乱時に、ダビデに忠実であったギレアドの老人である。ここではオーモンド公ジェイムズ・バトラー（James Butler, Duke of Ormonde）である（注4）。一六四一年、彼はチャールズ一世の軍隊を率いてアイルランド反乱軍に当たった。一六四四年から一六五〇年に亡命するまでアイルランド総督であった。共和制時代には、チャールズ王子への親密な助言者であり、きびしい財政的困窮を余儀なくされた。一六六〇年公爵に任ぜられ、損失のいくらかを補償された。

バージレイはオーモンド公によく類似しているとされている（注5）。だからここでバージレイとしてオーモンド公が称賛されているのはそれでよい。が、われわれの興味をひくのは、息子であるオッソリー伯トマス・バトラー Thomas, Earl of Ossory（1634–80）が言及されていることである。しかもそれが長い言及である（注6）。

His eldest hope, with every grace adorned,
By me (so heaven will have it) always mourned,

And always honoured, snatched in manhood's prime
By' unequal Fates, and providence's crime.
Yet not before the goal of honour won,
All parts fulfilled of subject and of son;
Swift was the race, but short the time to run.
O narrow circle, but of power divine,
Scanted in space, but perfect in thy line!
(831－39)

かれの長子なる希望はすべての品位に飾られていた。つねにわたしは（天はかく定め給う）その死を嘆き尊んでいるのだが、不公平な運命と神の犯罪によって男盛りに逝ってしまった。けれどもそれは栄誉の目標を達成してからのことだ。臣下として息子として本分を尽くしてからだ。速い競走であったが、走る時間は短かった。小さい円だが、神の力が宿っており、狭い空間だが、輪郭は完璧だった。

ドライデンはオッソリー伯の息子第二代オーモンド公に『寓話』を捧げている。三代にわたってこの一家と親しい関係にあったことを、彼はとても喜んでいた（注7）。さてこのように行数を多くとってオッソリー伯挽歌がうたわれ、理想的と言ってよい息子としての姿が述べられると、暗のうちに先に出てきた魅力に乏しいシャフツベリの息子の姿を想起させられる（注8）。「すべては彼が苦労して獲得したものを、息子という羽根のない二本足のものに残すためか……無政府状態のように形がない塊として生まれた」(一六九―七二)という表現に関してファーリ・ヒルズは、物理的容姿と無政府状態という象徴以外に、そっけない簡潔さにも注目している(注9)。ここでわれわれはシャフツベリ父子と比較してオーモンド父子が理想的に描かれていることに気づかざるを得ないのである。

だがわれわれは暗にもう一つの比較がなされていることを知るのである。すなわちそれはチャールズとモンマス公という父子との比較である。シャフツベリの息子が言及されている箇所で、息子同士という意味で彼がモンマス公と比較されている点は以前に述べた(注10)。その時点ではまだモンマス公(アブサロム)に楽園イメージがあった。しかしその楽園イメージ、とくに無垢イメージが先述のごとく崩れてしまう。その後でオッソリー伯賛美の挽歌がうたわれる。われわれは理想的息子オッソリー伯がそうではないモンマス公と比較されていることを、感じざるを得ない。

モンマス公の何がいけないのか。チャールズの王位継承を狙ったことが問題である。が、それ以前に彼が庶子であることがいけないのである。しかもこれは本人の責任ではない。オッソリー伯は「臣下として息子として本分を尽し」た立派な人であった(八三六)。モンマス公にはチャールズの血が流れているのだから単なる臣下ではないし、といって嫡出子ではないという意味では息子ではない。「国民は自由を主張してよい。が、彼らには正しいことも、私には犯罪となろう」(三四一―四二)と彼は言い、「王位以外はすべて父上は与えてくれるし……王位はもっとふさわしい方のために正しく定められているのだ」(三四六―四八)と言う。「ではなぜ私は天の定めに不平を言うのか。天は私に王位主張を与えていないのだ」(三六一―六二)と言っているうちに、

Yet O that Fate, propitiously inclined,
Had raised my birth, or had debased my mind;
To my large soul not all her treasure lent,
And then betrayed it to a mean descent.
. . .
Why am I scanted by a niggard birth?
(363–69)

だが、宿命が慈悲深くもわが出生を高貴とするか、あるいはわが心を卑しくしてくれればよかったのだ。わが大いなる魂にすべての宝を貸しておいて、卑しい家系に売り渡さなければよかったものを。……何故私は低い出自によって軽んじられるのか。

と言ってしまう。

これは『失楽園』第四巻で、ナイファティーズ山に着いた悪魔が独白することばを想起させる。すなわち彼は「神の定めの力が私を身分の低い天使にしていたら、私は喜んでそのままでいたろう。抑えきれない希望が野望をかき立てたりはしなかったろう」（四・五八―六一）と言うのである。

さてモンマス公は庶子であることが問題であるが、それは本人の責任ではない。だが、本人の責任ではないが、やはりそれが問題なのである。第七五九行から七九四行にかけていくつかのホイッグの立場が書かれている。いずれも国王の生得の権利を疑問視するものである。それに対してドライデンの立場は、第七九五行から八一〇行にかけて書かれている。すなわち彼はイギリス人のコモンセンスに訴えるのである（注11）。人民が国王を立てることは認めるにしても、分別ある人が健全な政府を転覆させて革命を起こしたいと考えるだろうか。政府の構造を修復することは理にかなっている。が、土台そのものを破壊するのはよくない。モンマス公擁立は国家の破壊につながる。ではチャールズにどのような息子がいればよかったのか。

オーモンド公の息子オッソリー伯のごとく嫡出子であり、しかも人格的にすぐれ、行為も立派な息子がチャールズにも欲しかった——このような気持ちをドライデンはオーモンド公描写の中に込めたと考える。ないものねだり、と言えばそれまでである。が、それは結末のチャールズの姿につながっている。つまり詩の構造上からも要求された要素なのである。

三

With all these loads of injuries oppressed,
And long revolving in his carfeful breast
Th' event of things, at last his patience tired,
Thus from his royal throne by heaven inspired

The godlike David spoke:
(933－37)

すべてこのような侮辱の重圧に抑えられ、長い間慎重に事の成り行きを見守っていたが、ついに忍耐にも疲れてしまい、天によって霊感を与えられて、ダビデは王座から語った。

この詩の結末はこのように始まる。アキトフェル（シャフツベリ）に好きなようにさせておいたのは、ダビデが無力だったからではない。彼が慎重であり、忍耐強かったからである——このような印象を上記詩行は与えている。「王座から」という表現が、チャールズはつねに一段高いところからすべてを見ていた、という印象を与える。

この詩の前書きでドライデンは「わたしは歴史家にすぎないが、もし創作家であれば、たしかにアブサロムとダビデの和解をもってこの詩を締めくくるだろう」と言っている。これはドライデンの性格によるのだろう。またチャールズにも「親が許すのは何と容易であることか」（九五八）と言わせている。チャールズにも優しい一面があったのだろう。だが、事実チャールズも厳格にのみ対処できない事情があった。私生活は乱れているし、ヨーク公がカトリック教徒であるのは確かである。さらに自分もカトリック教徒である愛人に影響を受けていたのである。

結末はたしかにチャールズが一段高いところからすべてを見ていた印象を与える。が、事実はチャールズにこのような余裕はなかっただろう。いわばこれは虚構である。詩の冒頭においてダビデの統治時代を「信心深い時代」、すなわち「聖職が始まる前のこと、一夫多妻が罪とされる以前」としているが、これも虚構である。先に理想的息子としてのオッソリー伯描写に言及した。オッソリー伯は他界しているのであり、目前にはいない。その意味でこれをオッソリー伯を離れて理想的息子の描写として読めば、これも虚構である。つまりこの詩は三つの虚構に要所を補わせることによって、安定を獲得し、成立している。それはドライデンの力量である。諷刺詩でありながら、要所が虚構で支えられているのだから、曖昧も生じてくるだろう。が、ドライデンは逆にその曖昧を巧く使っているところがある。典型的な例は結末にある法律の二面性である。

Law they require; let law then show her face:
They could not be content to look on grace
Her hinder parts, but with a daring eye
To tempt the terror of her front, and die.
(1006–9)

彼らは法を求める。法に顔を向けさせよ。彼らは後部である恩寵を見ることに満足せず、向こう見ずな眼をあけて法の面をこちらに向けさせ、死んでしまう。

これは出エジプト記三三・二〇―二三にもとづいており、巧みな適用である（注12）。すなわちそこではモーセに語る神のことばが記されており、「あなたはわたしの顔を見ることはできない。人はわたしを見て、なお生きていることはできないからである……わが栄光が通り過ぎるとき……わたしの手であなたを覆う。わたしが手を離すとき、あなたはわたしの後ろを見るが、わたしの顔は見えない」とある。

法がすべて国王に味方しているのかどうか議論があった。ドライデンも一方的に法が国王側にあるという自信がなかったから、結末に至るまでこの表現を留保した。その躊躇が曖昧を生む原因ともなった。だが、それによってこの詩には「読む者を傷つけながらも、くすぐる優しさ」と味わいをもつこととなった。すなわち、バランスのとれた、読みやすい詩となったのである。

【注】

（1）第五章。
（2）Hammond, 457–8.
（3）『「失楽園」の世界』二六六―六七。
（4）以下 Hammond, 519 に依る。
（5）H. T. Swedenberg Jr., ed. *The Works of John Dryden* Vol. II. (Berkeley,Los Angeles & London: U of California P, 1972), 274.
（6）Farley-Hills, 129.
（7）Swedenberg, 276.
（8）第五章参照。
（9）Farley-Hills, 129.
（10）第五章。
（11）Swedenberg, 274.
（12）Hammond, 531.

第七章　『マック・フレクノー』

一

『マック・フレクノー』*Mac Flecknoe* は劇作家で詩人であるトマス・シャドウェル Thomas Shadwell（1642–1692）に対するドライデンの諷刺詩である。シャドウェルは後にドライデンの後を継いで桂冠詩人になった。『マック・フレクノー』は一六七六年に書かれ、一六八二年に『マック・フレクノー・正真正銘のプロテスタント詩人Ｔ・Ｓ・への諷刺』という題の海賊版が出版された（注1）。正式に出版されたのは一六八四年であった。ドライデンとシャドウェルの一六七六年以前の敵対関係は知られていないし、二人の政治的見解の相違は一六八二年シャドウェルがドライデンの『メダル』に対抗して『ジョン・ベイズのメダル』*The Medal of John Bayes* を出版し、『アブサロムとアキトフェル』第二部四五七―五〇九行で、ドライデンがシャドウェルを批判して初めてわかったことである。『マック・フレクノー』の内容は政治でなく文学である。二人の見解において問題となったのはおよそ次のごとくである。（一）ドライデンが書いた軽妙な会話の喜劇とシャドウェルが擁護する気質の喜劇、（二）作家が古代、現代の他の作家から借用する権利、（三）ベン・ジョンソンの評価、(四) 英雄悲劇の原理、(五) 大衆を楽しませることと教えることはどちらが重要か、である。

論争はシャドウェルの『不機嫌な恋人たち』*The Sullen Lovers*（1688）の序文で始まったが、そこでシャドウェルは英雄悲劇と機知の喜劇を嘲笑し、それに対してジョンソン流の気質の喜劇は「人間生活を完璧に表現するもの」としたのである。その後いろいろな形で論争は続いたが、論争の頂点が『マック・フレクノー』であり、直接その執筆を促したのはシャドウェルの『巨匠』*The Virtuoso* の出版であったが、その献辞はドライデンの喜劇を攻撃したのである。

同じ諷刺詩とはいっても、『マック・フレクノー』は例えば一六八一年に出版された『アブサロムとアキトフェル』とくらべると、趣きは違う。衆知のごとく『アブサロムとアキトフェル』は王位継承問題に関して世論の動向を国王側につけるという大目的をもって書かれた。ドライデンは公けの立場でこれを書いたのである。これに対して『マック・フレクノー』にはこのような政治的意図はない。上述のごとく『メダル』と『アブサロムとアキトフェル』第二部を読めば、ドライデンとシャドウェルの政治的立場の相違もわかるが、『マック・フレクノー』にはそれは出てこない。要するにこれは文学上の見解の相違に関する詩であり、その意味でまったく私的な諷刺詩である（注2）。

一般に個人を攻撃した詩は文学的に価値の低いものが多い。作者の感情がむき出しになって読む者の不快感を誘う。またこの詩に関して言えば、ドライデンのシャドウェル評価とは別に、読者はシャドウェル評価をもってよいのである。以上のような点を考えた上でなお『マック・フレクノー』が諷刺詩として価値をもつならば、それはどこに原因があるのか。諷刺詩としてこれはどのようにすぐれているのか。このような観点から吟味したいと思う。

二

冒頭を見てみよう。

All human things are subject to decay,
And, when Fate summons, monarchs must obey:
This Flecknoe found, who like Augustus young
Was called to empire, and had governed long;
In prose and verse was owned without dispute
Through all the realms of nonsense absolute.

(1–6)

すべて人事は衰退を免れぬ、運命から呼び出しがかかると国王たちは従わねばならない。フレクノーはこのことを知った。アウグストのように若くして帝国の王位につき、長い間統治してきたのだ。彼は散文と韻文において議論の余地なく、すべてのナンセンス絶対王国において認められていた。

行を追って考えてみると、最初の二行は非常に一般的な事実を述べている。異論をはさむ余地はない。第三行で"Flecknoe"が出てくるに及び、具体的になる。読者は題が Mac Flecknoe であることを想起する。Mac

Flecknoe はフレクノーの息子という意味である。題から考えればフレクノーの息子に関する詩行が冒頭にあるという漠然とした予想が裏切られて、読者はやや意外な気分になる（注3）。

フレクノーは実在の人物であり、リチャード・フレクノー（一六〇五―一六七七）のことである。ローマ・カトリック教会神父であり、旅行家、作家であった。ドライデンがフレクノーを下手な作家と考えた理由として考えられるものの中には、次のようなものがある。すなわち、フレクノーは多作であったが、その中には古い資料の再生利用があること、フレクノーはドライデンの同僚であるキリグルーとダヴナントを攻撃したこと、ベン・ジョンソンの批判者たちを攻撃して、現代の「才人」を向うにまわしてベン・ジョンソンを弁護し、ドライデンとシャドウェルの論争の原因をつくったこと、など。ジョンソンの後継者であるとフレクノーが主張するので、ドライデンはシャドウェルをジョンソンの息子でなく、フレクノーの息子とすることができた――。

詩行に戻ろう。フレクノーとドライデンの関係を知る人は第二―五行においてすでにフレクノーが諷刺されていることを知るだろう。知らない人も何かの理由でフレクノーがアウグストゥスのイメージと共に支配者として描かれ、その統治が長いことを知る。しかも帝国の支配者であるから広大な領土というイメージがある。時間的には長期にわたり、空間的には広大な領土の支配者である。

さて第五行までの肯定的イメージを一挙に崩すのが“all the realms of nonsense”（6）であり、鍵となるのはいうまでもなく“nonsense”である。

ここで読者は詩人の揶揄の意図を知る。続きをみると、

This aged prince, now flourishing in peace,
And blessed with issue of a large increase,
Worn out with business, did at length debate
To settle the succession of the state;
And pondering which of all his sons was fit
To reign, and wage immortal war with wit,
Cried, 'Tis resolved; for Nature pleads that he
Should only rule who most resembles me:
Shadwell alone my perfect image bears,
Mature in dullness from his tender years;
Shadwell alone, of all my sons, is he
Who stands confirmed in full stupidity.

(7 – 18)

この老齢の国王は、平和な治世の全盛期にあり、多くの子たちに恵まれていたが、仕事に疲れて、ついに王位継承を解決しようと頭をひねったのである。息子たちの中で国を統治して機知相手に不滅の戦争を行なうのにふさわしいのは誰かと考えたとき、叫んで言った。「よし決めたぞ。わたしにもっともよく似た者のみが支配するよう自然が訴えている。シャドウェルのみが若き日より愚鈍が発達し、わが完全な似像をもっている。息子たちの中でシャドウェルのみがまったき愚鈍を確認される者だ」

一六七〇年代後半においてチャールズ二世後継者問題がイギリス国民の関心の的であったことを考えれば、王位継承という状況はまさに時宜を得ていたのである。「仕事に疲れて」というのは精力旺盛であったチャールズ二世のイメージそのものである。チャールズ二世の後継者問題は大きく揺れたが、ここでフレクノーが簡単にシャドウェルを後継者に決めるのも皮肉である。それほどシャドウェルがフレクノーに似ているという意味で諷刺であるが、容易に後継者問題が解決しないチャールズ二世に対する諷刺にもなっている。ドライデンにその意図があったかどうかはわからないが。

初めからシャドウェルを攻撃するのでなく、フレクノーを通じて攻撃するのは効果的であり、それだけ残酷にもなり得る。それに対して“nonsense”, “dullness”（14）, “stupidity”（18）という直接相手をこき下ろす表現があると、かえって救いを感ずる。

“Shadwell alone . . .”という表現が二度繰り返され（十五、十七）、それによってその前後に同じ内容を繰り返す表現があることに気づく。拾ってみると、“most resembles me”（14）と“my perfect image bears”（15）、“Mature in dullness”（16）と“confirmed in full stupidity”（18）、“The rest to some faint meaning make pretence”（19）（他の息子たちはわずかに意味あることを考えるふりをする）と“Some beams of wit on other souls may fall, / Strike through and make a lucid interval”（21－22）（他の息子たちには機知の光が当たってしみ込み、意識清明の時を与えるかもしれぬ）、そして“Shadwell never deviates into sense”（20）（シャドウェルが本来の自分からそれて分別をもつことはない）と“Shadwell's genuine night admits no ray, / His rising fogs prevail upon the day”（23－24）（シャドウェルの正真正銘の夜は光が射す余地がない。彼のたちこめる霧は昼を支配する）である。そのように考えれば“who like Augustus young / Was called to empire, and had governed long”（3－4）があるのだから、“This aged prince”（7）の“aged”も不用である。

第十九行と第二〇行、第二一—二二行と第二三—二四行はフレクノーの他の息子たちとシャドウェルの比較である。比較であるからシャドウェルの愚鈍に比して他の息子たちの明敏といった美点が示されるように思われるが、注意して読むと決してそうではない。第十九行に関して言えば、他の息子たちに関して肯定的なのは"meaning"という単語のみである。これは"faint meaning"という形でしっかり抑制されており、しかも"faint meaning"ですらつねにこれらの息子たちにあるのではない。あくまで"make pretence"である。要するに"meaning"はまるでないのだから、シャドウェルと変らない。

シャドウェルはどうかと言えば、分別をもつことが決してない（二〇）のであるが、あるとすれば本来の自分からそれていることになる（deviates）。分別がないことが正常なのであり、価値観の本末転倒がみられる。ワイルディングが指摘するごとく、ドライデンはミルトンの『失楽園』に基づいてオペラ『無垢の状態』*The State of Innocence*（1677）を書いたほどなので、『失楽園』を熟知していた。彼は"Evil be thou my Good"（IV, 110）（悪よ私の善となれ）という悪魔の言葉の中に善悪の価値観が転倒していることを知っていてそれを利用したのである（注4）。

ここで"Some beams of wit on other souls may fall, / Strike through and make a lucid interval"（21－22）について考えてみよう。"lucid interval"（22）は専門用語であり、狂気が治まっている期間のことを言う。だが本末転倒の詩行を続けて読まされていると、"beams"に月の光を重ねて考えてしまうかも知れない。すると次行の"Strike through"に"moonstruck"の意味があるように感ずる。これはミルトンの造語である。OEDは『失楽園』の詩行を引いている（十一・四八六）。"And Moon-struck madness, pining Atrophie"（月に打たれた狂気、衰弱していく萎縮症）とある。この二行は、フレクノーの他の息子たちもシャドウェル同様愚鈍であるが、時には精神病患者に意識清明のときがあるように、機知の光が射し込む時がある、というのが本来の意味であるが、逆に精神がおかしくなる時があるという意味になってしまう。

以上のような連想が可能ならば、月との関係と音から“lucid”は“lunacy”に結びついて、“a lucid interval”から月に関する“interval”という意味で、“interlunar”という語が連想されるかもしれない。この語を最初に用いたのはミルトンではないが、ミルトンは『闘技士サムソン』でこの語を用いている（注5）。“The Sun to me is dark / And silent as the Moon, / When she deserts the night / Hid in her vacant interlunar cave”（86–89）（私にとって太陽は暗い、そして光を放たない。まるで月が夜の許を離れ、洞穴に隠れて余暇を過ごすときのように）とある。“Interlunar”は意味としては「（旧月と新月の間の）月の見えない期間の」であるから、“moonstruck”との関係で言えば狂気でない時、ということになる。すなわち“lucid interval”の状態のときである。ところが“interlunar”は次行の“genuine night admits no ray”と意味として重なってくる。つまり、他の息子たちに関する第二一―二二行とシャドウェルに関する第二三行は本来対照をなすはずなのに、結局似たような意味になる――。

以上は表現と表現の関連から考えだした、妄想といわれても仕方がないことであるが、他の息子たちはシャドウェルとはちがうということを言っているようで、結局は変わらない、愚鈍な者ばかり、という支離滅裂を表現する効果が出ているように思うのである。

さてシャドウェルに関して、“my perfect image”（15）、“full stupidity”（18）、“never deviates into sense”（20）、“genuine night admits no ray”（20）といったように下線を施した修飾語によって有無を言わさぬ形容をしている。それも例えば否定語を繰り返し用いるのでなく、種々な形容詞を用いている。議論の余地がない修飾語が並ぶと、きびしい感じもするが、それ以上に誇張感が感じられ、滑稽感が生じる。その滑稽感がこの個人攻撃、個人諷刺の詩の救いになっていると考える。

第二五行以下を引用しよう。

Besides, his goodly fabric fills the eye,
And seems designed for thoughtless majesty:
Thoughtless as monarch oaks that shade the plain,
And, spread in solemn state, supinely reign.
(25–28)

それに彼の立派な体格は見る人の目を奪い、思慮のない威厳のためにつくられたようだ。つまり放射状に根をはって平野を陰でおおい、厳かに枝を伸ばしてだらしなく統治する樫の木のみたいに統治する。

“his goodly fabric”（25）はいうまでもなく、シャドウェルの肥満を諷刺している。フレクノーは自分の後援者を“some goodly Oak . . . / Long time the pride and glory of the Wood”にたとえたことがあった（注6）。だからドライデンはそれを使っているのであるが、ここで“goodly”に注目したい。ＯＥＤによればこれには“Of good appearance; good-looking, well-proportioned”の意味があり、フレクノーはこの意味でこの語を用いている。だが“goodly”には“Considerable in respect of size”の意味もあり、ドライデンはこの意味を含ませているのは明らかである。フレクノーが用いる語に別の意味を含ませてシャドウェルを諷刺するとは巧みではないか。

“Thoughtless”（26）はＯＥＤによれば、“Deficient in or lacking thought; stupid, senseless, dull-witted”の意であり、この箇所を引いている。要するに身体ばかりが大きくて、中身がないことを“thoughtless majesty”（26）と“Thoughtless as . . . supinely reign”（27–28）で表現している。ここでも同じ内容を表現を変えてあらわしている。

三

第二九行以下を考えてみよう。

Heywood and Shirley were but types of thee,
Thou last great prophet of tautology:
Ev'n I, a dunce of more renown than they,
Was sent before but to prepare thy way,
And coarsely clad in rustic drugget came
To teach the nations in thy greater name.
(29 – 34)

ヘイウッドとシャーリは汝の予型にすぎなかった。汝はトートロジーの最後の偉大な預言者だ。彼らよりもっと高名なのろまの私でさえ、汝の道を備えるために遣わされ、質素な織物を粗野に着て私以上に偉大な汝の名において諸国民を教えるために来たのだ。

第二九行のヘイウッド Thomas Heywood（c. 1574 – 1641）とシャーリ James Shirley（1596 – 1666）は二人とも劇作家であり、第八七行のデッカー Thomas Dekker と共に見せ物と低俗な上演作品という点でシャドウェルに関連させられている、という（注7）。"Types"（29）（予型）と「預言者」という表現によって旧約聖書の趣きが加わってくる。予型に関しては後述にまかせたい。"Shadwell alone . . ."（15）の繰り返しによって気づかされる類語反復を前節で指摘したが、それはシャドウェル自身が類語反復をする詩人だったからである。同じ考えを繰り返すのはシャドウェルの演劇と序詞の特徴であるとほのめかしている（注8）。

第三一―三四行には言うまでもなくキリストの出現に先立って道を備えた洗礼者ヨハネのイメージが用いられている。フレクノーは自分を洗礼者ヨハネと言うのだから、シャドウェルをキリストと見立てていることになる。

この詩が擬似英雄詩の手法を用いていることが指摘されている。たとえばI・ジャックは「この詩の最もよく知られている、そして最もわかりやすい分類は擬似英雄詩である。シャドウェルを嘲笑するという仕事に直面して、ドライデンは擬似英雄詩の諷刺的丁重さを選んだのだ」と言っている（注9）。これは詩の冒頭でフレクノーとアウグストゥスを比較したり、シャドウェルを王位継承者とみたり、また全体のモティーフとして戴冠式と行列を用いていることに明らかである。だがここのようにフレクノーを洗礼者ヨハネ、シャドウェルをキリストと見ると、すこし奇異な感じがする。この点を考えてみたい。

「ヘイウッドとシャーリは汝の予型にすぎなかった」（二八）という表現がある。ズウィッカー Steven N. Zwicker によれば「共和制時代と王政復古期の政治詩人たちは旧約聖書の予型論的解釈に精通しており、当世の事件に予型論を適用することにすぐれていた。（中略）イギリス国王は旧約聖書の王の相似者として祝われたが、彼らはそれぞれ国王の職務においてキリストの予型である」（注10）またギャリソン J. D. Garrison は『マック・フレクノー』、『アブサロムとアキトフェル』、『牝鹿と豹』という諷刺詩を書くにあたって、ドライデンが頌徳詩（panegyric）の伝統を適用したと指摘する（注11）。説得力のある論であると思う。擬似英雄詩はまず対象者を称賛するのであるから、ドライデンが頌徳詩を書いた時に用いた技術は、擬似英雄詩を書くにあたって応用しやすい技術であることはすぐにわかる。ギャリソンはドライデンが頌徳詩を「叙事詩（すなわち英雄詩——筆者註）の一分野」として言及したことを指摘し、『マック・フレクノー』を擬似英雄頌徳詩（a mock-heroic panegyric）と呼んでいる（注12）。つまり擬似英雄詩と頌徳詩が一つになったものという意味である。わかりやすい解釈である。

さてそれならばチャールズ二世のフランスからの帰還と王位就任を祝う頌徳詩『帰ってきた星』（一六六〇）において予型を用いたドライデンが『マック・フレクノー』にそれを応用してもおかしくない。『帰ってきた星』ではチャールズはキリストであり、アエネーアースである。ところが、『マック・フレクノー』ではシャドウェルはキリストであり、アエネーアースの子アスカーニウスである（一〇六—一〇九）。ここではアエネーアースはフレクノーである。それはフレクノーとシャドウェルが父子の関係にあるためである。

フレクノーとシャドウェルの関係に父なる神とキリストの関係のイメージが用いられていることは"Shadwell alone my perfect image bears."（15）に明らかである（注13）。このように考えると第三一—三四行においてフレクノーが先駆者ヨハネ、シャドウェルがキリストとして現われるのはまことにユニークである。しかも第二九行には予型としてのヘイウッドとシャーリがいる。フレクノーは自分のことを「彼らよりもっと高名なのろまの私」（三二）と呼んでいる。フレクノーはのろま、あるいは愚鈍という点ではヘイウッドとシャーリにまさっている。だがシャドウェルにくらべればその比ではない。その先駆者にすぎない。洗礼者ヨハネはキリストに関して「わたしは、かがんでその方の履物のひもを解く値打ちもない」（マルコ一・七）と言った。フレクノーとシャドウェルに洗礼者ヨハネとキリストのイメージを用いることによって、すなわち『帰ってきた星』のチャールズのごとくシャドウェルに主人公としてのキリストのイメージを残したまま、フレクノーを通してシャドウェルを諷刺する——これはドライデンの新機軸であると考える。ただしキリスト教的にみて、冒涜のきらいはあるけれども。

四

この詩は全体で二一七行からなるのであるが、その大きな部分を占めるのがフレクノーの二回の演説である。第一の演説は四七行（一三—五九）、第二は七二行（一三九—二一〇）、合計すると一一九行となり、半分を越えることになる。ここで第一の演説が終ったところから第二の演説が始まるまでのロンドンの描写とそれが第一〇三行のスカトロジーに至る過程を考えてみたい。

まず第六四行以下のロンドンの描写について考えてみよう。第十三行で始まったフレクノーの演説は第五九行で終る。次の四行でフレクノーは歓喜し（六〇—六一）、シャドウェルの王位継承が確認され（六二—六三）、次いでロンドンの描写である。

Close to the walls which fair Augusta bind
(The fair Augusta, much to fears inclined),
An ancient fabric raised t' inform the sight

There stood of yore, and Barbican it hight:
A watchtower once, but now, so Fate ordains,
Of all the pile an empty name remains.
(64－69)

麗しの都オーガスタを囲む城壁の近くに（いろいろな不安にさらされている麗しのオーガスタだが）昔から古い建物が立って周囲を圧倒していたが、それはバービカンと呼ばれていた。かつては物見やぐらであったが、今ではこれも運命の命ずるまま、建物のなかで空しく残るのは名前のみである。

この後は今ではここに売春宿が立ち並び（七〇）、そこでフレクノーはシャドウェルの戴冠式を行なう（八六）となるので、きびしい諷刺となるのであるが、上に引用した六行はどうだろう。事実をありのままに描写している。つまりそれが良いとか悪いとかでなく、実際の光景をそのままに描いている。そこにロンドンに対する愛着が感じられる。“Fair Augusta”と“Augusta”には“fair”がついているし、ロンドンがカトリック教徒、プロテスタント過激派、外国からの侵略の恐怖にさらされていることへの懸念がある（六五）（注14）。これはロンドンを批判しているのではない。“T' inform the sight”（66）はかつて偉容を誇っていたことを示しているし、それが廃墟と化していること自体への批判や非難はない。仕方がないことだという気持ちが“so Fate ordains”（68）に現われている。“an empty name”（69）にも皮肉は感じられないで感慨のようなものが伝わってくる、と考える。「『マック・フレクノー』は暗黙のうちに、壮観と高貴のみならず、陰気とうわべの美しさという点で、当世のロンドンを見たときにドライデンが感じた喜びを証明している」とマイナーは言っている（注15）。いうまでもなくここでは「陰気とうわべの美しさ」、特に陰気、ロンドンの陰気に対する愛着が現われている。問題は上記の詩行がその後の詩行に及ぼす影響である。

From its old ruins brothel-houses rise,
Scenes of lewd loves, and of polluted joys;
Where their vast courts the mother-strumpets keep,
And undistrubed by watch, in silence sleep.
Near these a nursery erects its head,
Where queens are formed, and future heroes bred;
Where unfledged actors learn to laugh and cry,
Where infant punks their tender voices try,
And little Maximins the gods defy.

(70–78)

その廃墟に売春宿が並んでいるが、みだらな情欲と汚れた歓楽の場だ。母親の売春婦たちが広い路地裏を保有し、物見に妨げられることもなく、静かに眠っている。近くに俳優養成所が立っており、女王たちと未来の英雄たちが育成される。未熟な男優たちが笑い方、泣き方をおぼえ、未成年の売春婦たちが慣れない声を出していたり、マキシミンたちが神々に反抗したりするのだ。

一六七一年にダヴナント夫人によりバービカンに若い俳優養成所が建てられ、それは反政府勢力であった、という。この地域そのものが非国教主義、ペスト、放蕩、狂気と関連づけられていた。要するに下町であり、場末なのである（注16）。“queen”は“quean”と同音である。意味は「売春婦」である（注17）。“heroes”には「英雄」という意味と演劇の「ヒーロー」の意味がかけてある（注18）。マキシミンはドライデンの演劇『暴君の恋』*Tyrannic Love*（1670）に登場する大言壮語の無神論者皇帝である（注19）。

さて以上の九行を読んだ印象はどうであろうか。売春宿や売春婦の登場によってその前のバービカン跡地の言及（六四―六九）よりさらに低俗な（low）趣きがでているのは否めない。また演劇がシャドウェルに関連させられているという感じもする。あるいはシャドウェルが“little Maximins”の一人と考えられているのかもしれない。“queens”と“heroes”におけることば遊びについては上に言及した。

だが同時に、この九行も前の六行と同様に、事実のありのままの描写として読めると考える。特に最後の三行（七六―七八）では駆け出しの俳優たちが、一生懸命練習している様子が浮んでくるし、それに対するドライデンの気持ちが冷たいとは感じられない。マキシミンがシャドウェルの作品の登場人物でなく、ドライデンの作品の登場人物であるのも興味深いことである。すなわちシャドウェルの作品を使ってシャドウェルを諷刺するのがこの詩の一大特徴なのだから、自分の作品の登場人物をここで用いているのは面白いと思うのである。

Roused by report of Fame, the nations meet
From near Bunhill and distant Watling Street.
No Persian carpets spread th' imperial way,

But scattered limbs of mangled poets lay:
From dusty shops neglected authors come,
Martyrs of pies, and relics of the bum.
Much Heywood, Shirley, Ogilby there lay,
But loads of Shadwell almost choked the way.
(96 – 103)

名声のうわさに刺激されて近くはバンビル、遠くはウォトリング街から諸国民が集まってくる。国王が歩くところにペルシャ絨毯が敷いてあるのでなく、切り刻まれた詩人の手足が散在している。ほこりだらけの書店からは無視された著書が来る。パイの下で殉教したものと尻をふいた残片だ。ヘイウッド、シャーリ、オウグルビの著書もたくさんあるが、シャドウェルの著書はもうすこしで通り路をふさぐほどだ。

バンヒルはバンヒル・フィールズのことであり、非国教徒の墓地である。ウォトリング街はロンドン市内、都心にある（注20）。第一〇三行“Shadwell”は第十五、七、四七、四八行の場合と同様に“Sh---”という形が“shit”と関連づけられるので特に効果的であるが、ドライデンはもともと“Shadwell”と綴ったようである（注21）。それにしてもその前に“relics of the bum”（101）の表現もあるので“Sh---”という形を使った場合と同様のイメージが浮ぶことは可能である。

さてこのように考えればこの箇所におけるスカトロジーは、この詩において最もひどくシャドウェルを扱っているものと思われる。が、それにもかかわらず読者には何となく解放感がある。すなわち救いがある。

それはどこから来るのだろうか。

ひとつにはドライデンの喜劇精神である。すなわち事を大げさに言って楽しんでいるという風情である。この詩におけるシャドウェルは創作であるという指摘がある（注22）。もうひとつはこれまで吟味してきた第六四行からの構成である。すでに見た如く第六四―六九行はバービカンの廃墟である。そこには詩人の愛着が感じられた。次に第七〇―七八行は二つに分かれる。第七〇―七三行の売春宿の様子と第七四―七八行の俳優養成劇場の様子である。売春婦たちは「静かに眠っている」のだから平和といえば平和である。彼女たちのややこしい側面は少なくとも今は夜のしじまに隠れている。劇場では泣き笑いがあり、売春婦たちがおり、無神論者たちがいるが、これはやはり芝居なのである。芝居は現実を映すとは言ってもやはり、現実の人生そのものではない。フィクションである。すると第九六―一〇三行における無視された著書云々も（この詩の他の部分同様）フィクションである。それがわかりやすくなるように、バービカン――売春宿――劇場という順序で最後のスカトロジー出現の用意がなされている、と考えるのである。

【注】

(1) 以下 Paul Hammond, ed. *The Poems of John Dryden* Vol. I. 307f.

(2) Michael Wilding, "Dryden and Satire: *Mac Flecknoe, Absalom and Achitophel, the Medall* and *Juvenal*" in Earl Miner ed. *John Dryden* (London: G. Bell & Sons, 1972), 201.

(3) Hammond, 309.

(4) Wilding,"Dryden and Satire" 198.　『「失楽園」の世界』五〇ページ参照。

(5) 『「失楽園」の世界』、二九五ページ参照。

(6) Hammond, 316.

(7) Hammond, 316.

(8) Hammond, 316.

(9) Jack, *Augustan Satire,* 44.

(10) Steven N. Zwicker, *Dryden's Political Poetry* (Providence, Rhode Island: Brown UP, 1972), 61－62.

(11) James D. Garrison, *Dryden and the Tradition of Panegyric* (Berkeley and Los Angeles: U of California P, 1975), 220.

(12) Garrison, 199 & 228.

(13) Hammond, 315.

(14) Hammond, 320.

(15) Earl Miner, *Dryden's Poetry* (Bloomington & London: Indiana UP, 1967), 84.

(16) Hammond, 320－21.

(17) Hammond, 321.

(18) Miner, *Dryden's Poetry,* 80.

(19) Hammond, 321.

(20) Hammond, 323.

(21) Hammond, 315.

(22) Jack, 52.

アレグザンダー・ポウプ

第八章　『愚鈍物語』における愚物たち

一

ポウプ Alexander Pope（1688–1744）の『愚鈍物語』*The Dunciad* は諷刺詩である。ポウプはこれを書くにあたって、擬似英雄詩の手法を用いている。擬似英雄詩というと英雄詩あるいは叙事詩よりも軽い、したがって書きやすいという印象を与えるかもしれない。しかし、考えてみれば、擬似英雄詩とはまず英雄詩であると思わせておいて、そうではないという詩のことである。登場人物に関して言うと、まず英雄であると思わせておいて、まるで逆であることを明らかにして、笑うのである。だから擬似英雄詩を書く詩人には英雄詩あるいは叙事詩を書く力量がなければならないことになる。はじめにこのようなことを断わるのは、それほどこの詩が力を込めて書かれた詩であるから、である。読んで意味をつかむことも難しいのであるが、詩行を追ってようやく意味をつかんでも、ポウプの筆力に圧倒されて、基本的にこれが諷刺詩であることを忘れるほどになるのである。

叙事詩と諷刺詩の関係についてはポウプ自身がマーティナス・スクリブリーラス（Martinus Scriblerus）の名

で書いた前書きで説明している（注1）。すなわちそれによれば、ホメロスは『イーリアス』と『オデュッセイアー』を書く以前に、最初の愚物ともいうべき Margites を主人公とする詩を書いた。アリストテレスが『詩学』で述べるところによると、『イーリアス』と『オデュッセイアー』が悲劇の範となったごとく、この詩が喜劇の概念を与えたのであり、これは最初の『愚鈍物語』である。これは最初の叙事詩であり、上記二叙事詩よりも古いことになる——。

これはもちろんポウプが諧謔の意を含めて言ったことである。この前書きにはこの他に作品理解の上で重要なことが書いてあるので、いくつか拾ってみよう。まず詩人がこの作品を書くに至った状況と原因である。それはすでに印刷術が発明されている時代である。「紙が廉価で手に入り、出版社は多くあるので、著者の大洪水が国を覆った時代」である。このような個所を読むと、ポウプが諷刺の対象としたのが、多くの作家、詩人、劇作家であるのが理解できる。すなわち、この作品はドライデンの『マック・フレクノー』を一応の範としているが、ドライデンの諷刺の対象はシャドウェル一人である。ポウプの諷刺にも中心的存在はある。一七二八年版ではティボウルド Lewis Theobald（1688–1744）であり、一七四三年版ではシバー Colley Cibber（1671–1757）である。なぜ愚鈍の王がティボウルドからシバーに代わったかは後述にまかせよう。だがオクスフォード版（一九九三）の索引で諷刺の対象を数えると、かるく一二〇名を越える。それだけ詩が複雑になり、難解になっている。

前書きで次に重要なのは、この詩のアクションである。それは『アエネーイス』に範を取り、王国の移動である。『アエネーイス』のアクションはトロイの民族をトロイからラティウムへ移動させることによって、トロイ王国を回復することである。同様にこの詩のアクションは、「混沌」と「夜」の娘である女神「愚鈍」が支配の座をシティから上流階級へ移動させることによって、「混沌」と「夜」の支配を回復することである。

この作品は複雑な作品であるが、まず創作と出版の歴史が複雑である（注2）。ロジャーズに従ってこれを四段階に分けて考えてみよう。（一）一七二八年五月十八日に三巻からなる『愚鈍物語』が出版された。（二）『集注本・愚鈍物語』*The Dunciad Variorum*が、一七二九年四月十日に出版された。これには大量の前書き、注、付録などがつき、人名が伏せ字にされていた箇所に実名が入れられた。（三）一七四二年三月二十日に『新愚鈍物語』*The New Dunciad*という名で、第四巻が加えられた。（四）一七四三年十月二九日に四巻本からなる『愚鈍物語』が出版された。本論においてテキストとするのはこの一七四三年版である。

最初に三巻からなるまとまった作品があり、十五年の後にそれに第四巻が加えられたのである。作品を読まなくとも、統一がうまくなされているのかという疑問がわく。事実、統一に欠けるという指摘がある（注3）。また最初の三巻に限って考えても、これだけの数の人物を扱うのだから、相当に周到な準備がなされたであろうことは、容易に想像されるのである（注4）。第一巻は三三〇行、第二巻は四二八行、第三巻は三四〇行、第四巻は六五六行から成っている。本章では第一巻と第二巻を中心に解釈を試みよう。

二

第一巻の冒頭を見てみよう。

The Mighty Mother, and her son who brings
The Smithfield muses to the ear of kings,
I sing. Say you, her instruments the great!
Called to this work by Dulness, Jove, and Fate;
You by whose care, in vain decried and cursed,
Still Dunce the second reigns like Dunce the first;
Say how the Goddess bade Britannia sleep,
And poured her spirit o'er the land and deep.

(1–8)

力強き母を、そしてスミスフィールドの詩神たちを王侯の耳に入るところまで運び来る息子をわたしは詠う。女神「愚鈍」とジョウヴと「運命」によってこの仕事に召しだされた彼女の偉大な手先である方々よ、語り給え。むなしく非難され、呪われたあなたがたの心遣いによって、愚物二世は愚物一世同様に統治している。女神がブリタニアに眠ることを命じ、その心を陸と海に注いだ《そそいだ》さまを語り給え。

主題と詩神への呼びかけであり、まさに叙事詩の冒頭である。第一行に関してポウプ自身が注をつけている。すなわちこの詩の主役は息子（愚物の王）ではなくて、母親（女神「愚鈍」）であることに読者は注意すべきである。詩の中心的アクションは第一巻で行なわれる桂冠詩人の任命ではなくて、最終巻で行なわれるイギリスにおける「愚鈍」帝国の回復である、と（注5）。

さてこれを一七二八年版の冒頭と比較したらどうであろうか。"Books and the man I sing, the first who brings / The Smithfield muses to the ears of kings"（1－2）となっている。ルワルスキによれば、これは擬似叙事詩の手法である。

ところが女神「愚鈍」が主役になった一七四三年版では、もはや擬似叙事詩ではなくて、少なくとも部分的には反叙事詩、悪魔的叙事詩である（注6）。わたしの理解によれば、ルワルスキの論旨はこういうことであろう。擬似叙事詩とは叙事詩をパロディ化、滑稽化したものである。何と言っても叙事詩よりもスケールは小さい。それに対して反叙事詩とは叙事詩に匹敵するスケールをもちながら、主題としては叙事詩と正反対のものを持った詩という意味であろう。最初にわたしは擬似英雄詩を書く詩人には英雄詩を書く力量がなければならない、と思わせるほどにこの詩は力を込めて書かれた詩であると言ったが、それはルワルスキが言っていることと通ずると考える。

冒頭における一七二八年版と一七四三年版の相違の一つは、一七四三年版における「回復」という語である。まずこれは上記に引用した注の「イギリスにおける『愚鈍』帝国の回復」という表現にある。これに呼応するのが第四巻最後の"Lo! thy dread empire, CHAOS is restored"（IV, 653）である。また一七二八年版では"Still her old empire to <u>confirm</u>, she tries, / For born a Goddess, Dulness never dies."（I, 15－16）が一七四三年版では"Still her old empire to <u>restore</u> she tries, / For, born a goddess, Dulness never dies"（I, 17－18）となっている（下線

筆者)。すなわち回復という概念が新たに入っている。

さらに一七二八年版では“Say great Patricians! (since yourselves inspire / These wond’rous works; so Jove and fate require!)”（I, 3–4）となっているところは、一七四三年版では“Say you, her instruments the great! / Called to this work by Dulness, Jove, and Fate”（I, 3–4）と“Dulness”が入っている。要するに、「愚鈍」の女神をジョウヴと「運命」と対等に並べて権威を与えているのである。同時に主役としての女神「愚鈍」の存在感を大きくしている。

さて回復という語を考えてみると、本来存在していたものが何かの理由で失われ、ふたたび何かの作用で取り戻されることである。『失楽園』に関していうと、人間の堕罪によって失われた楽園がキリストの受肉、受難、復活を経て、再臨に至り、新しき天と新しき地の出現によって回復されることが詠われている（注7）。ふたたび与えられる楽園の方が、去らねばならない楽園よりもずっと幸せなのだ、とアダムは諭される。ポウプが「混沌」の回復というとき、古に、すなわち人間がまだ読み書きを知らないときに万物に古来の権利を有していた「混沌」と永遠の「夜」の娘である女神「愚鈍」が、その帝国である「混沌」を回復する、ということである（一・九—十七）。はっきり書いてはいないが、回復された「混沌」は原初の「混沌」よりももっと混沌としている、という含みがあるようである。

ポウプの「混沌」がミルトンの「混沌」を下敷きにしていることは、批評家たちの一致した見解である。そこでポウプの「混沌」を理解するために、ミルトンの「混沌」について考えておかねばならない。『失楽園』第二巻で登場する「混沌」に目を向けてみよう（注8）。第二巻後半で「罪」は悪魔のために地獄の門を開けてやるが、そのとき彼らの眼前に「混沌」が広がる。

彼らの眼の前にとつぜん
年老いた深淵の秘密があらわれ出る。
それは境界なく拡がりもなく、
無限につづく大洋である。
長さ、幅、高さおよび時と所は失われ、
被造物の祖先にして長兄姉である「夜」と「混沌」が
永遠の混乱をつかさどる。
（『失楽園』二・八九〇―九六）

第一巻の最初にあるごとく、はじめに天と地は「混沌」から生じた（一・十）。『失楽園』において何度となく新しき天と新しき地が言及される。すなわち現在の天地（宇宙）はキリストの再臨、最後の審判と共に滅ぼされる（十二・五三九―五一）。だがそれは現在の宇宙が存在をやめるという意味ではない。一度「混沌」に戻されるのである。「ついで大火の塊の中から、浄められ純化された新しき天と新しき地をおこすだろう」（十二・五四八―九）と書いてある。第二巻には「自然の胎であり、おそらく墓場」でもあるとある（二・九一一）。すると「混沌」自体は善でもなく悪でもなく、中立的存在のようである。だが悪魔を中心にして考えてみると、「混沌」が支配する世界を苦労して進む様子を見ると、「混沌」はこの反逆天使の敵のようであるし、道を教えているところを見ると（二・九九〇―一〇〇九）、味方のようである。

これに比較すればポウプの「混沌」は中立的ではなく、はっきり悪の要素がある。多様な人物への言及、多様な表現を用いて愚物たちによる「混沌」回復を表現している。具体的詩行を見てみたい。

Close to those walls where Folly holds her throne,
And laughs to think Monroe would take her down,
Where o'er the gates, by his famed father's hand
Great Cibber's brazen, brainless brothers stand;
One cell there is, concealed from vulgar eye,
The cave of poverty and poetry.
Keen, hollow winds howl through the bleak recess,
Emblem of music caused by emptiness.
(I, 29 – 36)

愚考が王座を占め、モンローが自分を取り下げると考えて笑っている壁の近くの話だ。門の上に有名な父の手によって、偉大なシバーの能無し兄弟の真鍮像が立っている。そこに大衆の目には隠れている庵が一つある。貧困と詩の洞だ。鋭くて空ろな風がひゅうっと通るが、それは空虚によって作られる音楽の象徴だ。

桂冠詩人コリー・シバーの父であるカイアス・G・シバー Caius Gabriel Cibber はベドラム病院の門の上にある二人の患者の像をつくった（注9）。ベドラムは精神病院であり、グラブ街の近くにあった。モンローは同病院の医師である（注10）。「貧困と詩の洞」にはポウプが注をつけている（注11）。それによれば、貧弱な詩（poor poetry）は、きわめて適切にすばらしいベドラム大学の近所にあるささやかな寄付金がない学寮（unendowed hall）して表現されている。すなわち"poverty"を貧困と言うよりも貧弱の意味にとっている。一方では、"poetry”と言う語も“poverty”に含まれてしまうことがおぼろげに意識される、と指摘する批評家もいる(注12)。ポウプの指摘がなくとも、“poverty and poetry”は“poverty in poetry”とも読めるように感じられる。要するにグラブ街の詩人たちは才能がなく、それゆえに貧困なのである、という印象を得る。すると注の続きにある、利益になり正直な仕事について稼いだかもしれないのに、下手な詩を書いて自分は飢え、大衆を怒らせる、すなわち「怪物になって逃げ出し、町の人たちを驚かせる」ほど、人間の狂気をあきらかに示すものはない、という意味が分かってくる。

“Keen, hollow winds howl through the bleak recess”(35)においては“hollow”と“howl”におけるh音とl音が、頼りなさと気味の悪さを表現し、これに“bleak”が重なって気味の悪さが増幅される。“howl”には犬などが遠吠えをする、という意味がある。泣きわめく、大笑いする、という意味もある。いかにも売れない詩人たちが、日当たりの悪いところで野良犬のように遠吠えしている、泣きわめいている、あるいは時によると自暴自棄で大笑いしている、といったイメージが浮んでくる。注の続きにあるごとく、愚鈍はどれほど狂気と関連しているかが明らかになる。

こうして見るとポウプの愚鈍には悪の要素がはっきりあることがわかる。たとえばドライデンの『マック・フレクノー』も愚鈍の故にシャドウェルを諷刺している。スカトロジーもある。だが『愚鈍物語』におけるほど愚鈍そのものが悪であるという印象は受けないのである。また詩人の筆遣いに『愚鈍物語』におけるよりも余裕を感じるのである。これは何故だろうか。

ポウプはしばしばイギリス文学史上で最初の真の職業詩人であったと言われる。また周知のごとくポウプには二つのハンディキャップがあった。カトリック教徒であることと身体障害である。彼が受けた教育は経済的理由よりも宗教的理由により限られており、かなりの程度まで独学であった(注13)。彼は才能と努力によって容易に社会的地位を得たのではなかったが、認められてはいたのである。だがそれには愚鈍であってはいけなかった。安易に詩作や劇作によって生計を得ていた者には怒りを覚えたであろう。また事実彼には敵が多かった。攻撃しなければ自分が攻撃される。攻撃は最大の防御なり――『愚鈍物語』の詩行からはこういう気迫が伝わってくる。

Hence bards, like Proteus long in vain tied down,
Escape in monsters, and amaze the town.
Hence miscellanies spring, the weekly boast
Of Curll's chaste press, and Lintot's rubric post:
Hence hymning Tyburn's elegiac lines,
Hence Journals, Medleys, Merc'ries, Magazines:
Sepulchral lies, our holy walls to grace,
And New Year odes, and all the Grub Street race.
(I, 37–44)

そこから長い間縛られていたのも無駄であったプロテウスのように、詩人たちが怪物となって逃げ出し、町の人たちを驚かせる。そこから詩集がわき出てくるが、カールの純潔な出版所から、そしてリントットの赤文字で書いた看板柱に、自慢たらしく毎週出ているやつだ。そこからタイバーンの哀歌が、そして『ジャーナル』、『メドレー』、『マーキュリ』、『マガジン』の各誌が生み出される。教会の壁を飾る虚言の碑文と新年のオード、そしてグラブ街の連中みなが出てくるのだ。

いくぶん解説を加えれば次のようである（注14）。カール Edmund Curll（1683－1747）はわいせつ本を出版したかどで罰金を課せられた。したがって「純潔な出版所」である。リントット Barnaby B. Lintot（1675－1736）はポウプの初期の作品を出版した人であったが、赤い文字で店を飾るのが常であった。タイバーンで死刑を執行される犯罪者は讃美歌を歌い、哀歌を印刷する慣習であった。新年オードは桂冠詩人によって作られ、新年に宮廷で歌われた。その歌詞すなわち詩は、歌声と楽器の音によって幸運にもかき消された。要するに歌詞はあってもなくてもあまり大勢に影響はなかったのである。グラブ街は三文文士の溜まり場である。『マガジン』は散文と韻文が載った雑文録であり、そこでは「生れたばかりのナンセンスが産声の上げ方を教えてもらう」こともあるし、死産の「愚鈍」が多数の姿で現われるのである。

　以上はグラブ街で生れる詩がどのようなかたちを取るかを語っている。第五五行以下では、生れる前の様子を述べている。

　Here she beholds the chaos dark and deep,
Where nameless somethings in their causes sleep,
Till genial Jacob, or a warm third day,
Call forth each mass, a poem or a play:
How hints, like spawn, scarce quick in embryo lie,
How new-born nonsense first is taught to cry,
Maggots half-formed in rhyme exactly meet,
And learn to crawl upon poetic feet.

Here one poor word an hundred clenches makes,
And ductile dulness new meanders takes;
(I, 55 – 64)

ここで女神は暗くて深い混沌を見る。心温かいジェイコブあるいは第三の寄付興行が詩または演劇をそれぞれの塊から呼び出すまで、無名の作品たちがそれぞれ原初のままで眠っている。思いつきは魚卵のようにほとんど生きていない未熟児のままだ。生れたばかりのナンセンスは、産声の上げ方を教えてもらう。出来損ないの着想は脚韻でぴったり合致し、詩脚で這いかたを覚える。ここで貧弱な一つの言葉は百の駄洒落となり、従順な愚鈍は新たな迷路をとる。

「着想」（Maggots）には「蛆虫」という意味もある。だから這うのである。この後は雑多なイメージが女神の気に入って、ありそうにない直喩ができたり、暗喩の暴徒が行進したりする。喜劇と悲劇が抱き合ったり、笑劇と叙事詩が入り乱れたりする。演劇では三一致の法則も守られない(第六五行以下)。注には「このような詩人たちの演劇における三一致の法則違反に言及している」とある（注15）。

ミルトンにおいては「混沌」は創造以前の状態である。ポウプにおいても同様である。上記に引用した詩行も創造以前の状態と考えてよいだろう。だが三一の法則違反に関する注に明らかなごとく、創造されても、すなわち作品となって現われても、現実は変わらない。厳密に言えばまだ創造されていない、すなわち作品となっていないというのが本当のところである。「混沌」が「混沌」のままであると言う状態をポウプはこのような方法で表現している。第一巻において女神によって愚物たちの王として選ばれるシバー自身の創作に関して、「彼のまわりには多くの胎児があり、多くの流産があった。多くのオードとなるべきもの、放棄された演劇があった」"Round him much embryo, much abortion lay, / Much future ode, and abdicated play"（I, 121－2）とあるが、これと呼応していると考える。

三

第二巻には女神主催の愚物たちによる競技会が催される。これは英雄たちの競技会としてホメロスの叙事詩にも、ウェルギリウスの叙事詩にもある。ここでポウプの諷刺の技術を見るという観点からこれを吟味してみたい。ホメロスやウェルギリウスの場合も同様であるが、競技会が語られているあいだ詩のアクションは停止する点に注意したい。これは『失楽園』第二巻にある悪鬼たちの討論会の場合も同様である（注16）。

内容的には（一）詩人の像を賞品として、競走する。（二）小水の飛距離を競う。（三）くすぐりを競う。（四）騒音を競う。（五）フリート下水溝への飛び込み。（六）批評家を対象とした作品に対する忍耐度、となる。これを見ただけでも、揶揄と諷刺の意図はわかる。どの競技に勝っても意味はない。したがって競技会描写のあいだは、上に述べたごとくアクションが停止するのみならず、内容的にも停滞、後退となっている。第一の競走を見てみよう。

A poet's form she placed before their eyes,
And bade the nimblest racer seize the prize;
No meagre, muse-rid mope, adust and thin,
In a dun nightgown of his own loose skin;
But such a bulk as no twelve bards could raise,
Twelve starveling bards of these degenerate days.
All as a partridge plump, full-fed, and fair,
She formed this image of well-bodied air;
With pert flat eyes she windowed well its head;
A brain of feathers, and a heart of lead;
And empty words she gave, and sounding strain,
But senseless, lifeless! idol void and vain!
(II, 35 – 46)

女神は詩人の形を彼らの前に置き、いちばん足が速い者がこの賞を取るべしと命じた。自分の弛んだ肌という黒ずんだ夜着を着た、やせ細って陰気で沈思に悩むふさぎ屋ではない。十二人の詩人たち、この堕落した時代の栄養不良の詩人たち十二人では持ち上げられないほどの巨体だ。丸々として、十分に食べて、美しい山鶉のように女神はこの像を形のよい姿に作っていた。顔には生意気で味気ない目を開け、頭脳は羽根で、心臓は鉛で作った。空虚な言葉と仰々しい調子を女神は与えた。意味もなく、生命もない。空っぽで虚しい偶像だ。

この競技の空しさはまずその賞品にある。"form"（35）という語であるが、これは「人体、姿」という意味もあるが、本来「形状、外観、外形」という意味である。とすれば、賞品としてあるのは詩人でもないし、詩人の像でもない。詩人の外形だけだ、ということになる。"image"（42）には「像」という意味があるが、「イメージ、心象」という意味もある。"air"（42）はここでは「外見、様子」という意味に取るのが普通であろうが、「空気」という意味もある。空気で作ったのならば、実体はない。空しい存在である。

またここには、多くの類語が見られる。すなわち「やせて貧弱な」という意味の"meagre"、"thin"、"starveling"と、「憂うつ」を表わす"muse-rid"、"mope"、"adust"、"dun"（「陰気な」の意がある）である。女神が置いた詩人の形はこのようなものではないと否定されているが、これは明らかに"poverty and poetry"からまっすぐにつながっている。

この賞品めざして競走するのは、第一巻で出てきた書籍商のリントットとカールである。書籍商が競うということは、この詩人の作品を出版したいのであろう。最初に名乗りをあげるのは、リントットである。『愚鈍物語』がなにもかも『失楽園』を下敷きにしているわけではないが、名乗りを上げるリントットには新世界探索を単独で行なうと宣言する悪魔を彷彿とさせるところがある。すなわちリントットは「この賞は俺のものだ。これを取ろうとする者は敵だ」（二・五四）と言う。すると「恐怖心から他の者たちは黙ってしまった」（五七）のである。『失楽園』では悪魔が「この計画には誰もわたしに加わってはならない」と言って、「誰にも返答させない」のである"this enterprize / None shall partake with me. Thus saying rose / The Monarch, and prevented all reply"（*PL* II, 465–7）。

ここで『失楽園』と違うのは、リントットにライバルが現われることである。これがカールである。「ただ一人恐れることを知らないで、大胆なカールが立ち上がった」（五七―八）。強い者に平気で立ち向かうカールはあえて言えば、『失楽園』の悪鬼の一人モロックに似ている。「彼は力において神と対等であると思われていると確信した」のである（『失楽園』二・四六―七）。ただしここでは、競走に勝つのはカールである。カールの勝利が空しいのは、もちろん賞品すなわち「背の高い無が立っている、あるいは立っているように見える所に手を伸ばしたら、それは形がない影で、目の前から消えてしまった」（一〇九―一一）からであるが、一度彼は滑って転んで（七三）もう一度リントットを抜き返して（一〇七）からの勝利であるからなお空しいのである。

【注】

（1）Pat Rogers, ed. *Alexander Pope* (Oxford: Oxford UP, 1993) 420.
（2）Rogers, *Alexander Pope*, 691.
（3）Pat Rogers, *An Introduction to Pope* (London: Methuen, 1975), 119.
（4）Rogers, *An Introduction*, 107－15.
（5）Rogers, *Alexander Pope*, 433.
（6）Barbara K. Lewalski, "On Looking into Pope's Milton" *Milton Studies* XI ed. B. Rajan. (Pitsburgh: U of Pittsburgh P, 1978), 41－42.
（7）『「失楽園」の世界』、第十章。
（8）同書、四三―四七ページ。
（9）Rogers, *Alexander Pope*, 435.

(10) Rogers, *Alexander Pope*, 696.
(11) Rogers, *Alexander Pope*, 436.
(12) J. Philip Brockbank, "The Book of Genesis and the Genesis of Books: The Creation of Pope's *Dunciad*" *The Art of Alexander Pope* eds. Howard Erskine-Hill & Anne Smith (London: Vision, 1979), 195.
(13) Pat Rogers, "Pope and Social Scene" *Alexander Pope ed.* Peter Dixon (London: G. Bell & Sons, 1972), 101 – 103.
(14) Rogers, *Alexander Pope*, 437.
(15) Rogers, *Alexander Pope*, 439.
(16) 『「失楽園」の世界』、第七章参照。

第九章　『愚鈍物語』における「混沌」の回復

一

『愚鈍物語』のアクションはイギリスにおける「愚鈍」帝国の回復である。これは第一巻冒頭第一行"The Mighty Mother. . . "の注に明らかな通りである。この女神は「混沌」を父とし「夜」を母とする（一・十二）。いうまでもなく「愚鈍」は架空の存在である。ところがこの架空の存在が桂冠詩人シバーをはじめとする文士、書籍商、後援者たちと直接交渉する。交渉しながら詩の内容が展開するのである。

この詩で諷刺の対象となっている人たちはすでに遠い過去の人たちである。「『愚鈍物語』におけるグラブ街の作家の多くとドライデンの『マック・フレクノー』における彼らの仲間は、今では名前のみとなっている。学者たちの研究によって言及の同時代的妥当性が救われても、なお遠い昔のことであり、われわれに対する直接的妥当性を欠いている」とポラードは言う（注1）。さらに言えば、この詩に出てくる人物たちの半分以上がポウプと時代を同じくしないのである（注2）。たしかにその通りである。だがやはりこれらの作家たちが実在であったことは、それなりの効果を読者に与えている。それは女神「愚鈍」がこれらの作家たちと直接関わるときである。そのような箇所を読むとき、ちょうど映像においてアニメーションの動物、人物あるいは女神が実際の俳優と関わるような効果をわれわれに与えると考える。

このような詩を読むとき、内容についてはわれわれは馬鹿馬鹿しいと思いながら読む。実在の人物も所詮はマイナス方向に誇張されているだろうと思う。そう思いながら各エピソードを読むが、一応まとまった話として読む。読むうちに女神「愚鈍」も実在のように思えてくる。それなりに読める箇所もあるし、落ち着かないところもある――。

このような観点から、女神「愚鈍」の概念、詩全体における女神と実在の人物たちとの関わり、第二巻における愚物たちの競技会について考えてみたいと思う。

二

女神「愚鈍」は「混沌」と「夜」の娘であり、「混沌」は『失楽園』第二巻の『失楽園』にもとづいている。『失楽園』の「混沌」は「自然の胎であり、おそらく墓場」であるとされる（『失楽園』二・九一一）。万物は「混沌」から創造される。すると「愚鈍」が「混沌」を父とするというのはどうだろう。この父子関係は『愚鈍物語』の愚物たちの世界が創作および出版、書籍販売といった世界であるから成り立つのである。すなわち「混沌」から生ずるのが、天体や人間、動植物であれば「愚鈍」はあまり関係がない。創作がうまく行なわれないとき愚鈍という概念が関わってくる。文士たちが「愚鈍」を母とする愚物ばかりだから碌なものは書かない。下手な作品ばかりが氾濫するからイギリスに「愚鈍」帝国、「混沌」が回復されるのである。

前述のごとくこの「混沌」は『失楽園』の「混沌」を下敷きにしている。それが『愚鈍物語』において女神「愚鈍」と関連させられるとすこし違和感を感ずる。それは創造されるべきものが『失楽園』と『愚鈍物語』では異なるからだけではない。『失楽園』の「混沌」が動的であるのに対して「愚鈍」が動的でないからである。静的であるともいえない。進歩がないという意味で停滞的であり、ダルいのである。『失楽園』の「混沌」は創造の前の段階であり、そこから新しいものが生れるという意味でエネルギーに満ちている。一例をあげてみよう。

For hot, cold, moist, and dry, four Champions fierce
Strive here for Maistrie, and to Battel bring
Thir embryon Atoms; they around the flag
Of each his Faction, in thir several Clanns,
Light-armd or heavy, sharp, smooth, swift or slow,
Swarm populous, unnumberd as the Sands
Of Barca or Cyrene's torrid soil,
Levied to side with warring Winds, and poise
Thir lighter wings.
(*PL* II, 898–906)

灼熱と寒気と湿気と乾燥という四つの恐るべき戦士なる元素がここの支配権を得ようと争い、自分の未発達の原子を戦わせる。原子たちはそれぞれ派閥の旗の下にいくつかの軍団となって、軽装備のものも、重装備のものも、機敏にあるいは軽快に、迅速にあるいは遅く、多数となって群がる。その様はバルカあるいはシリーンの熱砂のごとく無数であり、召集されて相争う風に加担し、軽い翼のバランスを取る。

いかにも「混沌」の動的性格が表現されている。

ここで「愚鈍」帝国"the empire of Dulness"という表現について考えてみたい。この表現が最初に出てくるのは第一巻第一行"The Mighty Mother"に関する注である。この詩のほぼ終り、第四巻第六五三行に"Lo! thy dread empire, CHAOS! is restored"という形で出てくる。"Dulness"は第一巻第四行ではじめて登場する。第七行ではっきり"the Goddess"と言及される。帝国、女神、「愚鈍」という三語のなかの二語を組み合わせてみると、帝国――女神、女神――「愚鈍」、「愚鈍」――帝国という三通りの組み合わせが可能である。

帝国と女神は概念の結びつきとしてそれほどおかしくない。あえて言えば帝国と皇帝、あるいは女帝の方が結びつきやすいとは言える。だが帝国と女神も一応結びつく。守護神のように考えればよい。女神と「愚鈍」、あるいは女神「愚鈍」はもちろん真面目な意味では結びつかない。滑稽を感ずる。「愚鈍」と帝国はどうか。これが三つの中で最も不自然な組み合わせである。「愚鈍」帝国"the empire of Dulness"というとき「愚鈍」の愚鈍性によって帝国という語の含む秩序が崩れていくように感ずる。帝国といえば支配者がおり、一つの秩序をもった組織体である。「愚鈍」というと、反秩序という意味で秩序に反するのではないが、はじめから秩序をつくる能力がない状態を感ずる。それはまさにこの詩の最後における女神の欠伸に象徴される(四・六〇五―六)。

このことは擬似英雄詩であれば驚くにあたらないと言える。たとえば、ドライデンの『マック・フレクノー』においては、老齢の王フレクノーが息子シャドウェルに王位継承を決意する。「シャドウェルのみが若き日より愚鈍が発達し、わが完全な似像をもっている」(十五―十六)とフレクノーは言うのである(注3)。王国(六)、国王、王子、王位継承といった価値あるものを価値がないものと結びつけてそれを諷刺する。その意味では『マック・フレクノー』も『愚鈍物語』も変りはないようである。

しかしポウプが「愚鈍」帝国というとき、馬鹿馬鹿しさを感ずると同時に馬鹿馬鹿しさ以上のものをも感ずるのである。それは一つには『マック・フレクノー』のフレクノーとシャドウェルが人間であるのに対して、「愚鈍」は超自然的存在であるからである。彼女は三文文士たちの母であり支配者である。その作用は「混沌」から何かを生み出すのでなくて、非創作、非創造によって万物を「混沌」へ戻すことである。それは破壊活動である。馬鹿馬鹿しいと言ってすませられることではない。そこに悪の要素がある。『失楽園』の悪魔、「罪」、「死」と関連させると考えやすい。「ポウプは、『失楽園』のパロディ化すなわち愚物と悪魔主義との暗喩的類似性によるほどたやすく、彼が考える愚物性にふくまれる悪を明らかにすることはできなかっただろう」とウィリアムズは言っている(注4)。

『マック・フレクノー』においてドライデンはシャドウェルを十分に揶揄すれば目的を達することになる。『愚鈍物語』においてポウプは愚物たちを揶揄し、諷刺するだけでは不足である。それはシバーをはじめとする愚物たちと、その総括者「愚鈍」のいとなみの中に馬鹿馬鹿しさのみでなく、現実に作用する悪の力を認めるからである。そこに"Antichrist of wit"という表現も生れてくる。

『失楽園』の悪魔に関して、彼はある程度英雄なのかそれとも単なる道化なのかという古い問題がある。後者の立場をとるルイスにより、悪魔の漸次的堕落が指摘されている(注5)。英雄――将軍――政治家――諜報部員——のぞき屋——蛇という堕落である。このような悪魔の堕落、退化を認めても、人間誘惑に成功する能力が現実の能力であることに変りはない（注6）。女神「愚鈍」に代表される悪も現実の力である。これをポウプは何とかしたい。自分の詩の力でその作用を阻止し、イギリスを正したい。「ポウプは悪趣味および愚鈍、愚考、他の文学精神すべての弱さが傲慢になるとき、そこに道徳観転覆の第一原因、ひいては国家退廃の第一原因を見たのである」とウィリアムズは言っている（注7）。ポウプはもっている能力を結集してこの詩を書いた。そのエネルギーの激しさが「夢、ヴィジョン、叙事詩、擬似叙事詩、行列頌徳詩、狂文、哀歌、エッセイ、注釈、変形」といった多様なコンヴェンションの使用としてあらわれたのである。これは「独創に満ちた作品であるので批評はそれを把握し始めたところである」とE・ヒルは言う（注8）。そしてロジャーズは『愚鈍物語』はすばらしい言語的妙技である。英語がこれほど多くの方向に引き伸ばされたことはめったにない」と言うのである（注9）。

三

ここで第二巻における女神主催の競技会最後の種目、すなわち批評家を対象とした作品に対する忍耐度を競う競技に目を向けてみよう。われわれの興味をひくのは一つにはこれが作家を対象としているのでなく、批評家を対象としている点である。作品の朗読を聞いて眠らない者が勝ちである。競技会"public games"というと肯定的ニュアンスを感ずる。「すべてを従える睡眠の魅力にあえて反抗する」"Sleeps's all-subduing charms who dares defy"（II, 373）を読むと馬鹿馬鹿しさを覚える。まさに帝国と「愚鈍」のもつ矛盾である。朗読者の朗読につれて睡魔が襲う場面を引用してみよう。

Then mount the clerks, and in one lazy tone
Through the long, heavy, painful page drawl on;
Soft creeping, words on words, the sense compose,
At every line they stretch, they yawn, they doze.
As to soft gales top-heavy pines bow low
Their heads, and lift them as they cease to blow:
(II, 387 – 92)

すると朗読者が壇上に上り、なまぐさな調子で長くて重苦しく、苦痛のページを音を引き伸ばして読んでいく。言葉に言葉が続いてそっと忍び寄り、感覚を静める。一行毎に彼らは伸びをし、欠伸をし、うとうとする。やさしい風が吹いてくると上が重い松の木は頭を垂れ、風が止むと頭を上げるのと同じ様だ。

結局朗読を聞いている人たちは皆眠ってしまうし、朗読者たち自身も眠ってしまうのであるが（四〇三―四）、興味深いのは書物の内容が退屈だから眠ってしまうという言及がないことである。集まっている者たちはビールを飲んでいるし（三八五）、朗読者たちの読み方は上記に引用した通りである。ポウプはここで何を言いたいのであろうか。作家が作家ならば批評家も批評家である。創作する側が愚鈍ならば、作品を読む側も愚鈍である。作品を読んで鑑賞する以前に眠りこけてしまうほどの知力しか持ち合わせないのだ、と詩人は言っているようである。"they stretch, they yawn, they doze."の"they"は聞いている者たちのことであるが、読み方によっては朗読者のことのようでもあるし、さらに"words"を受けているとも受け取れる。

この第六にして最後の競技描写の構成を見てみよう。まず女神の呼びかけが十二行に及んでいる（二・三六七―七八）。ここで作家として言及されるのはヘンリーとブラックモア（三七〇）のみである。

次に「三人の大学生と三人の法学生が前に出る」（三七九）とあるが、名前は言及されない。朗読者の名前も言及されない（三八三）。上述のごとく聞いている者が次第に睡魔に襲われる様子が描写されるが、第三九七行においてバジェルが出てくるまで十八行にわたって固有名詞は出てこない。第三九七行からは四行にわたって五人の名が出てくる、あるいは暗示される。"potent Arthur"は作品であるが、作者ブラックモアを指している。"Thrice Budgell aimed to speak, but thrice suppressed / By potent Arthur, knocked his chin and breast. / Toland and Tindal, prompt at priests to jeer, / Yet silent bowed to Christ's no kingdom here."（II, 397–400）（バジェルは三度語ろうとするが三度説得力あるアーサーによって抑えられてしまって、あごと胸を打った。トーランドとティンダルは聖職者を嘲るのに聡い者だが、この世にキリストの王国無しを聞いて黙って頭を垂れてしまう。）

注釈によって背景を解説すると、バジェル Eustace Budgell（1686–1737）は作家であり、アイルランドで活躍していた（注10）。意志をめぐるティンダルの論争に巻き込まれ、彼の後半生は長い訴訟のようであった。「説得力あるアーサー」はブラックモア Sir Richard Blackmore（1654–1729）が書いたアーサー王に関する叙事詩である（注11）。ブラックモアは詩人であり、ウィリアム三世とアン付きの医師である。ポウプは ***Peri Bathous***で彼の作品を槍玉にあげているが、彼の作品はそれ以前に才子たちの批判の的となった。トーランド

John Toland（1670－1722）は作家であり、理神論者であった。著書『神秘的でないキリスト教』は理神論の重要な文書の一つであり、これにより彼は悪名高くなった。ティンダル Matthew Tindall（1657－1733）はやはり理神論者であり、スウィフトなど伝統的聖職者たちにとってトーランドに次ぐ脅威的存在であった――。「キリストの王国なし」はベンジャミン・ホードリ司教が一七一七年に行なった説教に端を発したいわゆるバンガー論争のことである（注12）。司教は教会の世俗的権力を否定し、高教会派的教会政治の考えに反対した。

この四行の前半はバジェルがブラックモアの作品を聞いて眠ってしまうということである。前述のごとくブラックモアの作品はポウプがわざわざ諷刺しているほどであるから、バジェルが眠ってしまうのも無理はない。諷刺の対象は眠ってしまうバジェルよりもブラックモアの作品の方である。後半はどうか。ポウプがトーランドやティンダルのような理神論者に好意的であったとは思われない。ここでは彼らの聖職者批判を利用しているのである。すなわち、伝統的キリスト教に対して冷淡で批判的な彼らでさえ、眠ってしまうほど高教会派の議論は退屈なのである。注意すべきはここではもはや文学作品が問題なのではないという点である。すなわち使用される言葉が問題なのである。

上述のごとくこの四行に関しては批評家たちが聞いている作品や議論の方が批評家たち自身よりも諷刺されているようである。しかしやはり批評家たち自身も諷刺されている。つまりここまでくれば、作家も批評家もどちらも諷刺の対象となっている。『ヒューディブラス』においてバトラーがピューリタンのみならず、王党派をも諷刺しているごとく、ポウプは世の中の何もかもが、いやになっている。

注目すべきは睡魔の伝染力の強さである。これは現実の裏付けがあるので、可笑しさを感ずる。同時に、気がついてみると誰も彼もが眠ってしまっている。誰も抵抗できない力が現実に働いている。その背後に女神「愚鈍」の力が働いているとすれば、彼女はまさしく馬鹿馬鹿しいではすまされない存在である。

固有名詞が出てくる上記四行（二・三九七―四〇〇）に続いて、波紋が広がるように居眠りが「頭の海一面に」（四一〇）広がっていくようすが十行にわたって描かれている（四〇一―一〇）。ここには固有名詞はいっさい出てこない。次に八行にわたって種々の人間が居眠りによってどのように影響されるかが書かれている（四一一―一八）。ここに多くの固有名詞が出てくる。引用してみよう。

At last Centlivre felt her voice to fail,
Motteux himself unfinished left his tale,
Boyer the state, and Law the stage gave o'er,
Morgan and Mandeville could prate no more;
Norton, from Daniel and Ostroea sprung,
Blessed with his father's front, and mother's tongue,
Hung silent down his never-blushing head;
And all was hushed, as folly's self lay dead.
(II, 411–18)

ついにセントリーヴァは声が弱まるのを感じた。モテューは話を途中でやめ、ボイヤーは国家をそしてローは演劇を論ずることをあきらめた。モーガンとマンデヴィルはおしゃべりができなくなった。ダニエルと牡蠣売り女から生れたノートンは、父の厚顔と母の弁舌を受け継いだが、はにかむことを知らぬ顔を黙って伏せた。愚考自身が死んだように動かなくなるにつれて、すべての者が静かになった。

ここで急に固有名詞が続いて言及される。これらの人たちは結局眠ってしまうのであるが、それまでにしていたことが異なっている。すべてを詳しく述べることは避けたいと思うが、例えばセントリーヴァSusannah Centlivre（c. 1670–1723）は、ポウプに反感をもつ作家グループと親しいホイッグ党員であった（注13）。ポウプ自身の注には「国王に口で仕えるセントリーヴァ氏の妻。七才にならないうちに多くの劇と一つの歌を書いた。ポウプ氏が書き出さないうちに、ポウプ氏訳のホメロスを批判するバラッドを書いた」とある（注14）。これなどは揶揄をこめた注であることがわかりやすい例である。とにかくそれぞれの文筆活動に多様性があり、それがすべて同じ方向に向いてしまう。バトラーの『ヒューディブラス』に、内乱の嵐によって社会の多様な人間が「改革」と叫んで巻き込まれていく様子を描写したところがあるが、よく似ている（一・二・五三五—四二）。ここでは睡魔の力が効果的に、そしてやはり誇張されて滑稽に描かれていると考える。ポウプの筆力の余裕を感じさせる箇所である。

四

第三巻について考えてみよう。冒頭において女神「愚鈍」は愚物の王シバーを自分の宮に連れて行き、膝の上に頭をのせて眠らせる（三・一—二）。シバーが眠るのは第二巻からの推移として巧みである。第二巻末ではすべての者が眠ったが、女神の膝枕で眠るという特別な眠り方で王としての存在をあらわしている。シバーは気楽な空想の翼に乗って下界に降りて行きエリジウム（楽園）の影をみる（一三―一四）。これは『アエネーイス』第六巻に範をとった冥界訪問である（注15）。アエネーアースは冥界においてディードーの死を知り、未来についてはヘスペリア上陸とラウィニアと結婚、そして自分の子孫によるローマ建設と、シーザー・アウグストスの出現を知るのである。つまりふつうでは知り得ない過去と未来を知るのであるが、シバーも同様に過去と未来を知る。さらにシバーは最後のシティ詩人セトル Elkanah Settle（1648–1724）の亡霊に会う。セトルはこのように言う。

All nonsense thus, of old or modern date,
Shall in thee centre, from thee circulate.
For this our Queen unfolds to vision true
Thy mental eye, for thou hast much to view:
Old scenes of glory, times long cast behind
Shall, first recalled, rush forward to thy mind:
Then stretch thy sight o'er all her rising reign,
And let the past and future fire thy brain.
(III, 59–66)

かくして過去のものであれ現代のものであれすべてのナンセンスは汝に集中し、汝から伝わっていくであろう。このため女神は汝の心眼を真のヴィジョンが見えるように開かせる。汝が見るべきものは多くある。かつての栄光の場面と過ぎ去った

時代がまず呼び起こされて、たちまち頭に浮んでくるであろう。次に女神の高き統治に目をやるがよい。そして過去と未来に汝の頭を興奮させよ。

シバーがヴィジョンとして見るものは、現在、過去、未来における女神「愚鈍」の統治である。わたしはかつて『失楽園』におけるアダムと超自然的存在である天使ラファエルの出会いを、オデュッセウスとアエネーアースの冥界訪問と関係づけて論じたことがある（注16）。冥界訪問は『オデュッセイアー』では第十一巻、『アエネーイス』では第六巻である。このように叙事詩のだいたい中央において「現在」が休止し、過去と未来が収斂していること、そして超自然的存在との出会いによって、主人公が過去と未来を知ることは、叙事詩前半をまとめ、後半へのつなぎとしてきわめて効果的であると論じた。『愚鈍物語』も本論のテキストである四巻本においては、この第三巻冒頭におけるシバーの冥界訪問は全体のほぼ中央にある。奇しくもセトルはシバーに向って「過去のものであれ現在のものであれすべてのナンセンスは汝に集中し、汝から伝わっていくであろう」と言っている。『愚鈍物語』にふさわしく収斂するものはナンセンスであり、それはシバーにおいてである。『オデュッセイアー』も『アエネーイス』も熟知していたポウプのことであるから、冥界訪問の効果を意識して用いたのではないか。

第六一、六二行の注によればこれは『失楽園』第十一巻第四一行以下に似ている。ポウプは注においてその箇所を言い換えている。すなわち注には“This has a resemblance to that passage in Milton, book xi. Where the angel

To nobler sights from Adam's eye removed
The film; then purged with euphrasie and rue

The visual nerve–For he had much to see'."

とある。ポウプがどのテキストを用いたかはわからないが、ダービシャ編には、

but to nobler sights
Michael from Adams eyes the Filme remov'd
Which that false Fruit that promisd clearer sight
Had bred; then purg'd with Euphrasie and Rue
The visual Nerve, for he had much to see;
(*PL* XI, 411–15)

もっと崇高な光景が見えるように、ミカエルはアダムの目から膜を取り除いたが、それはもっとよく見えることを約束したあの偽りの果実がもたらしたのである。次いでコゴメグサとヘンルーダで視神経を洗浄した。彼は多くのものを見なければならなかったので。

とある。ポウプの注には「それはもっとよく見えることを約束したあの偽りの果実がもたらした」が抜けている。『愚鈍物語』の文脈には必要がないから抜いたのであろうか。

続いてセトルは"Ascend this hill, whose cloudy point commands / Her boundless empire over seas and lands."（III, 67–68）（この山に上りなさい。雲がかかった頂上から、海と陸に及ぶ女神の広大な帝国が見える）と言う。

"Ascend this hill"はそのまま『失楽園』にある。すなわち"Ascend / This Hill"（*PL* XI, 366–67）で、アダムに対するミカエルのことばである。これに続いてミカエルは"let Eve (for I have drencht her eyes) / Here sleep below while thou to foresight wak'st, / As once thou slepst, while Shee to life was formd."（XI, 368–9）〈イヴの眼は濡らしておいたので、〉汝が前途に対して目を開かれているあいだ、下で眠らせておきなさい。イヴの生命が形成されているあいだ、汝が眠っていたのと同様だ）と言う。『失楽園』ではイヴが眠っているあいだに、アダムがヴィジョンを見るのであるが、『愚鈍物語』ではシバー自身が眠っているあいだにヴィジョンを見る。つまりシバーはアダムとイヴの二役を演じていることになる。ポウプは『失楽園』の詩行に精通していたので、それを巧みに変形して自分の詩に織り込んでいると考える。また『愚鈍物語』ではまずシバーが冥界に下りて（三・十四）、それから山に上るのである。『アエネーイス』と『失楽園』を両方取り入れるのでそのようになる。アダムは山に上るだけである。あえて『失楽園』で下りて上る者を求めれば、それは天使ミカエルである。天上からエデンに下りてきて、そして山に上るのである。

　アダムが山に上ると、それは楽園で最も高い山である。後に誘惑者悪魔がキリストを立たせて世界の国々と栄光を見せた山よりまだ高いのである（『失楽園』十一・七七―八四）。アダムは国々と栄光を見るのではないが、その様子は第二のアダム、つまりキリストが見たであろうというものとして描かれている（三八五―四一一）。しかしシバーが見る世界は栄光とはほど遠い。すなわちポウプの注を援用すれば、まず学問が育つことがなかった両極付近（三・六九―七二）、中国の始皇帝のごとき君主の「暴政」によって学問が滅ぼされたタタール国のような国々（七三―八二）、野蛮人の襲来によって学問が滅ぼされた国々（八三―九四）（注17）、迷信によって学問が滅ぼされた国々（九五―一〇〇）、そして堕落したローマ（一〇一―一一二）である。前述のごとく『失楽園』ではローマは"where Rome was to sway the World"（*PL* XI, 405–6）と書かれているし

『復楽園』第四巻冒頭で悪魔がキリストを誘惑する箇所では、ローマの栄光が描かれている（『復楽園』四・二二六―八九）。誘惑者はローマを“great and glorious Rome, Queen of the Earth”（*PR* IV, 45）と呼んでいる。キリストは誘惑を退けるが、ローマが栄光に満ちているにはちがいない。これに比較すれば女神「愚鈍」が支配するローマは何と堕落していることか。

Lo! Rome herself, proud mistress now no more
Of arts, but thundering against heathen lore;
Her grey-haired synods damning books unread,
And Bacon trembling for his brazen head.
(III, 101－104)

見よローマ自身を、もはや誇れる芸術の女帝ではなく、異教の学問に対して激怒している。白髪の教会会議議員たちは読まれもしない書物を禁書とし、ベーコンは真鍮の頭を作った故に震えている。

ロジャー・ベーコン（一二一四？―九四）は口をきく真鍮の頭を作ったと信じられ、そのため教会の不興を買うのを恐れたということである（注18）。いずれにしても学問、技芸が軽視された状態の描写がずっと続いている。そして詩の中心課題であるイギリスが登場する。

Behold yon isle, by palmers, pilgrims trod,
Men bearded, bald, cowled, uncowled, shod, unshod,
Peeled, patched and piebald, linsey-wolsey brothers,
Grave mummers! sleeveless some, and shirtless others.
That once was Britain—
(III, 113–17)

巡礼者たちに踏みつけにされた向うの島を見よ。ひげを生やし、はげていたり、僧帽をかぶったり、かぶらなかったり、靴をはいたり、はかなかったり、色ははげ落ち、つぎが当っていたり、いろいろ混ざり合って混乱した兄弟たち、深刻な道化役者たちだ。袖なしもシャツなしもいる。これがかつてはイギリスであったところだ。

まさに「混沌」の前兆ともいうべき有様である。「混沌」が支配していればこのようである。だが女神は長い間統治から離れていた（三・一二五）。その統治がいよいよ回復されるときが近づいている（一二三―一二四）。ここまで来ると第一、二巻の「愚鈍」とは異なって、直接行動しない統治者としての姿がはっきりしてくる。「愚鈍」とはどういう存在である、と定義することはむずかしい。それはウィリアムズが分析するごとく、ポウプは女神を人間的に描いておらず、キリスト教の神に似せており、純粋存在の模倣としており、人間の想像力ではせいぜいぼんやりとしか理解できない状態として描いたからである（注19）。それが効果を発揮している。

【注】

（1）Arthur Pollard, *Satire* (London: Methuen, 1970), 4.
（2）Aubrey Williams, *Pope's Dunciad: A Study of Its Meaning* (London:Methuen, 1955), 64.
（3）第七章。
（4）Williams, 141.
（5）拙訳C・S・ルイス『「失楽園」序説』（叢文社、一九八一）、一八四—八六ページ。
（6）『「失楽園」の世界』、十八ページ。
（7）Williams, 8.
（8）Howard Erskine-Hill & Anne Smith, eds. *The Art of Alexander Pope* (London: Vision, 1979), 12.
（9）Rogers, *An Introduction to Pope*, 103.
（10）以下 Rogers, *Alexander Pope*, 716–33による。
（11）Rogers, *Alexander Pope*, 701.
（12）Rogers, *Alexander Pope*, 701.
（13）Rogers, *Alexander Pope*, 717.
（14）Rogers, *Alexander Pope*, 488.
（15）Rogers, *Alexander Pope*, 701.
（16）『「失楽園」の世界』、六七—六八ページ参照。
（17）中川忠訳、アレグザンダー・ポウプ『愚物物語』（あぽろん社、一九八九）、一三五ページ。
（18）中川、一三五ページ。
（19）Williams, 144.

第十章 『愚鈍物語』第四巻

一

『愚鈍物語』第四巻を論じたい。そのためにもう一度出版の歴史をおさらいしておきたい。(一) 一七二八年に三巻からなる『愚鈍物語』が出版された。(二) これに大量の前書き、注、付録がついた『集注本・愚鈍物語』が翌年一七二九年に出版された。(三) 一七四二年に『新愚鈍物語』という題で第四巻が出版された。(四) 上記 (二) と (三) を合わせて四巻とした『愚鈍物語』が一七四三年に出版された。ここでは一七二九年版につけられた大量の注の意味、一七二九年版における最終巻としての第三巻の終わり方と一七四三年版における第三巻から第四巻への移行、一七四三年版第一巻から第四巻すべてにおける女神「愚鈍」の機能と描写について考えたい。

二

一七二九年に出版された『集注本』について考えてみよう。ここに見られるのは驚くほど大量の注である。注は無記名のものもあれば、ベントリーの名によるものもあり、そして特に目に付くのはスクリブリーラスの名による注である。注といっても事実や用語を解説するのであれば、作品がわかりやすくなる。だが、事実かどうか怪しい注がある。中には明らかなポウプの敵をほめてあるのがある。スクリブリーラスの名による注にはたんに注釈者の知識をひけらかすだけの目的で書かれたと思われるものがある――。

このような状態の注であるが、やはりこれだけ多くの注を加えたのには理由があるだろう。ウィリアムズによれば、これらの注を加えたのはポウプの側における、ある重要な点で一七二八年版には欠陥があることを認める譲歩である（注1）。では一七二八年版にはどのような欠陥があったのか。それは愚物たちに対する敵対感情が先走って、じゅうぶんに正当な理由をあげないままに愚物たちを揶揄したことである。一般にある人間（たち）を諷刺する場合に、具体的事象にのみとらわれて感情が先走ると、書いた者の欲求不満の解消にはなっても、読む者には不快感が残る。一度その感情を克服して諷刺すれば、諷刺の対象にある愚考、愚行にある普遍的要素を諷刺することになり、読む者の共感が得やすくなる。

ウィリアムズが指摘するごとく、『集注本』における注の最も重要な機能の一つは、愚物たちの性格と活動に新しいパースペクティヴを与えることである。愚物たちが泥水に飛び込んだり、野次ったり、小水の飛ばし合いをしたりする姿は、人間としては不完全である（注2）。人間扱いされているとは言えない。そこで注を補うことによって愚物たちを人間的に見えるようにした。たんなる悪口ではなくて現実の愚考、愚行に関わっていることを明らかにした。したがって諷刺がそれだけきびしくなった点もあるし、諷刺の範囲が広げられて、たんなる悪口が減じた点もある（注3）。第二巻の競技会で愚物たちがフリート下水溝に飛び込む箇所に一例を求めてみよう。場所は「フリート下水溝が注ぎ込む流れにのせて多くの犬の死骸をテムズ河にうねらせて運ぶところ」である（二・二七一―二）。「うねらせて運ぶ」（Rolls）が効果的である。泥水に犬の死骸が浮かんで重く運ばれていく様子がうかがえる。ここで女神「愚鈍」は愚物たちに命じて「子たちよ、ここで服を脱げ。ただちに飛び込め。もっともうまく万難を排して突進できるのは誰か、泥を愛すること（あるいはうまくさぐる暗い器用さ）にもっともすぐれているのは誰か、を証明せよ」（二・二七五―八）と言うのである。

「万難を排して突進する、泥を愛する、うまくさぐる暗い」器用さは、注によれば党派作家の三つの主要な資格である」（注4）すなわち、どんなにあくどいこともためらわない、泥を投げることを喜ぶ、暗闇で推量によって中傷する。これを読む党派作家の欠点を並べていることになるが、いく分ポウプが自戒の念を込めて注をつけているようにも感ずるのである。まず飛び込むのがオウルドミクソン John Oldmixon（c. 1673 – 1742）である。この人は歴史家、批評家であり、概してホイッグ党のために何でも書いた（注5）。許可なく作品を再版したり、パロディ化したり、攻撃したり、ポウプが主張する文学的基準を侮辱したりで、一七一四年頃から何度もポウプとけんかをしていた。そのオウルドミクソンが服を脱いで飛び込みの用意をしている。

　　In naked majesty Oldmixon stands,
And Milo-like surveys his arms and hands;
Then sighing, thus, ‘And am I now three score?

And why, ye gods! should two and two make four?'
(II, 283–6)

オウルドミクソンは威厳にみちた裸体のまま立ち、ミロがしたように、自分の腕と手をながめた。それからため息をついて言った。「わたしは六十才なのか。神々よなぜ二と二を足すと四になるのですか?」

“naked Majesty”は『失楽園』第四巻の“Two of farr nobler shape erect and tall, / Godlike erect, with native Honours clad / In naked Majestie”（*PL* IV, 288–90）から来ている。アダムとイヴ初登場の場面である。“naked Majesty”と言っておいて老齢の故の貧弱な体格を言うのである。ミロはクロトン生まれの闘技者。力持ちであったが老年になっている。闘技者たちが鍛錬に励んでいるのを見て、自分の腕をなでながら、「この腕も死んでしまった」と嘆いて涙したという（注6）。貧弱な体をあらわにして泥水に飛び込む。ポウプは自分自身の身体的欠陥の故に、他人の身体的欠陥にもきびしい目を持っていたであろうし、気持ちに余裕があるときには同情もしたであろう。

オウルドミクソンについてポウプは注をつけ、アディソンの不公平な批判者であり、歴史の歪曲者であると言っている（注7）。が、次いでスクリブリーラスの名で第二八六行でオウルドミクソンが老齢を嘆くことば、「なぜ二と二を足すと四になるのですか」に注をつけている。曰く「この老齢の批評家が不平をこぼすのももっともである。たしかにそれは事物の構成上の欠陥であった。ある偉大な作家が言うごとく、世界は論争の主題として与えられているのだから、何かが確実なものとされると、彼はけちな賜物で馬鹿にされたと考えるかもしれない。したがってもっとすぐれた知恵の持ち主である懐疑論者とアカデミー学派は、理にかなって二と二を足すと四にならないと結論している」。これはつまりどうでもよいことを意図的に書いて脇道にそれているのである。どうでもよいことを書いて、オウルドミクソンの老齢という人間の力ではどうしようもないきびしい現実から読者の目をそらそうとする。これはポウプの人間味を感じさせる努力・工夫である。『集注本』の注が持つ意義を上記のごとく考えることが許されるならば、一七四二年に『新愚鈍物語』という名称で第四巻が出版されたとき、ポウプは『集注本』で補なった点、すなわち愚物たちをもっと人間的に描くという要素を盛り込んだことは十分に考えられる。その意味では全四巻のなかで第四巻が最も完成度の高い巻となっていても不思議はない。

三

一七二八年にポウプが『愚鈍物語』を書いたとき、そして翌年にこれに注をつけたときも、これは三巻で終わる詩であった。ここで第四巻をよりよく理解するために、一七二九年版『愚鈍物語』の第三巻――これは一七四三年版『愚鈍物語』第三巻と大きく変わらないが――を最終巻として吟味してみよう。

第三巻冒頭については前稿でみた（注8）。女神「愚鈍」はシバー（一七二九年版ではティボウルド）を自分の宮に連れて行き、膝枕をしてやって眠らせる。考えてみればシバーは詩全体のなかでほとんど何もしない（注9）。すなわち第一巻では桂冠詩人に任命されるだけ、第二巻では催される競技会に自分は参加しないし、第三巻では眠っているだけ、第四巻でも同様である。一七二九年版のティボウルドも同様である。いうまでもなく一七二九年版には第四巻はないのであるが。さてシバーは眠っているあいだにヴィジョンを見るが、それは現在、過去、未来における「愚鈍」の統治である。これは『オデュッセイアー』第十一巻と『アエネーイス』第六巻にもとづく冥界訪問である。どちらの叙事詩においても、主人公すなわちオデュッセウスとアエネーアースはそれぞれ過去のみならず未来を知る。だがここで『愚鈍物語』は『失楽園』とも密接に結びついていることを考える必要がある。

『失楽園』も古典叙事詩に基づいているから、冥界訪問はある（注10）。『失楽園』における冥界は第一巻、第二巻の地獄である。だがアダムがこれを訪問することはない。冥界訪問を超自然的存在との出会いによって主人公が知恵を得るという観点から考えると、それは第五―第八巻の天使ラファエルによるエデン訪問に見られる。しかしそこでアダムが得る知恵あるいは情報はたとえば天体や被造物の階級組織ということもあるが、過去、現在、未来という観点からは、圧倒的に過去に関することが多い。では未来に関する情報、すなわち預言はどこにあるかと言えば、それは第十一、十二巻にある。それは天使ミカエルによって与えられる。すなわち『失楽園』においては、過去と未来に関して二人の天使が機能を分けることになる。

この『失楽園』第十一、十二巻の内容をポウプは『愚鈍物語』第三巻に巧みに用いていると考える。すなわち『オデュッセイアー』も『アエネーイス』も冥界訪問の後も話は続く。しかし『失楽園』はミカエルの預言の後にアダムとイヴは楽園を後にし、それで話は終わるのである。その趣きをポウプはうまく自分の詩に利用していると考えるのである。

『失楽園』においてミカエルの預言は『アエネーイス』における預言の範囲をはるかに超えて、人類全体に及び、キリストの再臨と最後の審判、宇宙の最後、新しい天と新しい地の出現に及んでいる。ポウプはこれをたくみに下敷きにしつつ、当時の演劇を諷刺しながら、この詩がこれで終わりであるという趣きを出すのに用いている。一七二九年版も一七四三年版もあまり相違はないが、一七二九年版（トウィッケナム版、*The Dunciad* A）から該当部分を引用してみよう（注11）。

He look'd, and saw a sable Sorc'rer rise,
Swift to whose hand a winged volume flies:
All sudden, Gorgons hiss, and Dragons glare,
And ten-horn'd fiends and Giants rush to war.
Hell rises, Heav'n descends, and dance on Earth,
Gods, imps, and monsters, music, rage, and mirth,
A fire, a jig, a battle, and a ball,
Till one wide Conflagration swallows all.
Thence a new world, to Nature's laws unknown,
Breaks out refulgent, with a heav'n its own:
Another Cynthia her new journey runs,
And other planets circle other suns:
The forests dance, the rivers upward rise,
Whales sport in woods, and dolphins in the skies,
And last, to give the whole creation grace,

Lo, one vast Egg produces human race.

(*The Dunciad* A III, 229 – 44)

彼は目をやった。すると陰気な魔術師が出現するのが見えた。その手にさっと翼が生えた書物が飛んでいく。とつぜん、ゴルゴンたちがシューと音を出し竜はらんらんと目を輝かせる。頭に角が十本生えた悪鬼たちと巨人たちが戦争におもむく。地獄が現われ、天は上から降りてきて地球上で踊る。神々と小鬼たちと怪物たちが音楽を奏で、浮かれてどんちゃん騒ぎをする。火事があり、ジグ・ダンスがあり、戦闘があり、舞踏会がある。舞踏会がある。そしてついに大火がすべてを呑み込んでしまう。そこから自然法にはまだない新しい宇宙がそれ自体の天を伴なって光り輝いて出てくる。別の月が新たな運行を始め、他の惑星たちは他の太陽たちの周囲を回転する。森は踊り、川は上流に向かって流れ、鯨は森で、イルカは空で遊ぶ。最後に創造世界に恩寵を与えるために、見よ一つの巨大な卵が人類を生み出すのだ。

ポウプの注によると(注12)「陰気な魔術師」とは「フォースタス博士のことであり、二、三シーズン続いた一組の笑劇の主題であった。一七二六年と二七年（一七四三年版『愚鈍物語』では『数年間』となっている）二つの劇場は相手を凌ごうと努力した。続く十六行にある途方もない光景はすべて舞台の上に導入され、二〇回も三〇回もイングランド一流の人々がこれに足を運んだ」ということである。さらに「地獄が現われ……」（二三三）に関してポウプの注は「この奇怪な愚行は実際にティボウルドの『プロセポネの凌辱』で使われた」とある(注13)。トウィッケナム版の編者はこれに加えて「第六場で『天が開けてユピテルをあらわにする』その直後に地が開き『そしてプルートとプロセポネが地獄から来たごとく現われる』この場面はグランド・バレエで終わる」と書いている。

「大火」（二三六）についてはロングマン社刊『四巻本愚鈍物語』（*The Dunciad in Four Books*）の編者ラムボウルド Valerie Rumbold は、「ティボウルドはプロセポネの母をしてトウモロコシ畑に火をつけさせている。セトルの『トロイ包囲』における有名な大火も頭に浮かんだかもしれない」と書いている（注14）。引用した最後の行の「巨大な卵」についてポウプは「これら笑劇の他の作品で舞台の上で大きな卵からハーレキンがかえる」と注をつけ、トウィッケナム版編者は「これは『プロセポネの凌辱』で演じられた。それは最も賞賛されたリッチ（Rich）の演技の一つであった」と言っている（注15）。

以上を要するに、天と地がひっくり返るような倒錯世界と、最後に出てくる大火、新しい天と新しい地の描写はすべて当時舞台の上で、しかも笑劇の中で用いられていたということである。一七二九年版では愚物の王はシバーではなくティボウルドであったから、彼が笑劇に関係していたのは好都合であったろう。その点では一七四三年版でティボウルドがシバーに代わったのは問題であっただろう。上記に引用した詩行は「踊りとマイムと凝った舞台効果を特徴とする無言劇の流行を攻撃している。以前にはセトルの作品が演じられた共進会場仮小屋に限定されていた下品な演劇による正統的演劇への侵略とポウプは考えたのである。無言劇は主な演劇の後で演じられる寸劇であったが、十八世紀初期にいろいろな娯楽を組み合わせる劇場プログラムへの変化の原因となった」のである（注16）。

だからここに当時の無言劇に対するポウプの諷刺があるのは否めない。同時に舞台装置と効果は馬鹿馬鹿しくはあっても舞台上に出現するのは終末の世界である。女神「愚鈍」の影響力と愚物たちの活躍によって世界が混沌の状態に戻ることをポウプは最終的に示したい。引用した詩行における倒錯世界はまさに「混沌」そのものである。それから大火があってそこから新しい天地が出現する。これはまさに『失楽園』においてミカエルの預言の中で言及される内容である（注17）。

then raise
From the conflagrant mass, purg'd and refin'd,
New Heav'ns, new Earth, Ages of endless date,
Founded in Righteousness and Peace and Love,
To bring forth fruits Joy and eternal Bliss.
(*PL* XII, 547–51)

つまりこの『失楽園』の詩行にある趣きをポウプは意識して自分の詩を書いている。

一七二九年版と一七四三年版を比較してみると、行数は第一巻がそれぞれ二六〇行と三三〇行、第二巻は三九六行と四二八行、第三巻は三五八行と三四〇行である。一七四三年版第四巻は六五六行であるが、一七二九年版にはもちろん第四巻はない。われわれが問題にするのは第三巻である。第三巻は一七四三年版であまり大きな改訂はなされなかった。最大の改訂は一七二九年版の三三五―三五六行（あと二行で巻は終わる）の二二行の中で十八行がほぼそのまま一七四三年版第四巻の最終部で用いられている。一七二九年版に従って一部を引用する。

Thus at her felt approach, and secret might,
Art after Art goes out, and all is Night.
See sculking Truth in her old cavern lye,
Secur'd by mountains of heap'd casuistry:

Philosophy, that touch'd the Heavens before,
Shrinks to her hidden cause, and is no more:
See Physic beg the Stagyrite's defence!
See Metaphysic call for aid on Sence!
See Mystery to Mathematicks fly!
(*The Dunciad* A III, 345–53)

かくして「愚鈍」の感じ取られた接近と秘密の力によって次々に芸術は姿を消し、すべては夜だ。見よ、こっそり隠れる真理は山と積まれた詭弁に守られて自分の昔からの洞穴にいる。以前には天にも触れた哲学は彼女の隠れた大義にまで縮小し、もはや存在しない。自然科学はアリストテレスの弁護を請うており、形而上学は感覚に助けを求める。秘義は数学へと飛んでいく。

これは一七四三年版第四巻第六三九―四七行にあたる。表現はいくつか改訂されている。いまここで細かく吟味する余裕はない。全体としての意味は、芸術も哲学も自然科学も形而上学もすべて秩序が失われ、混沌へと向かっている、ということである。この箇所が一七二九年版第三巻の最終部と一七四三年版第四巻の最終部に用いられているということは、いずれにせよポウプが意図する『愚鈍物語』をまとめる詩行としてふさわしいということである。

以上を要するに、一七二九年版第三巻は三巻からなるこの詩をまとめるものとして内容的にふさわしく、これはこれでひとつのまとまった作品であると言える。ではポウプは第四巻としてどのような巻をどのように加えたか。それを探ってみたいと思う。

四

まず第四巻の冒頭をみてみよう。冒頭はインヴォケイションである。

Yet, yet a moment, one dim ray of light
Indulge, dread Chaos, and eternal Night!
Of darkness visible so much be lent,
As half to show, half veil the deep intent.
Ye powers! whose mysteries restored I sing,
To whom time bears me on his rapid wing,
Suspend a while your force inertly strong,
Then take at once the poet and the song.
(IV, 1–8)

一瞬だけ、恐るべき「混沌」と永遠なる「夜」よ、一条の薄暗い光を与え給え。見える暗闇のうち半分は深い意図をあらわにし、半分は隠す分だけ与えられますように。「混沌」と「夜」なる神々よ、その秘蹟の回復をわたしは歌うのだが、時は速い翼でわたしをその神々へと運んで行くのだ。不活発に強力な汝の力をしばし止め、ただちに詩人と歌を導き給え。

第三行“darkness visible”は言うまでもなく『失楽園』第一巻の“yet from those flames / No light, but rather darkness visible / Serv'd onely to discover sights of woe”（*PL* I, 62–4）から来ている。反逆天使たちが突き落とされた地獄の様子である。第四行「見える暗闇のうち半分は深い意図をあらわにし、半分は隠す分だけ与えられますように」との祈りは、いかにも屈折した状態をうまく現している。

第五行“powers”は「混沌」と「夜」のことである。第七行で「混沌」と「夜」の力を“inertly strong”と形容している。OEDによれば“inertly”は“In an inert or inactive manner; inactively; idly”であり、この箇所が引用してある。「混沌」と「夜」は不活発である。が、やはり現実の力である（strong）。「混沌」と「夜」の隠然たる力が“inertly strong”によって巧みに表現されている。それは同時に女神「愚鈍」の力でもある。

実際「愚鈍」はつかみどころのないわかりにくい存在である。それでいて実在感がある。「見える暗闇」とは逆説的で物理的には不可能な状態であるが、それがうまく「愚鈍」のイメージとつながっている。ロジャーズは「『愚鈍』というようなことばは、ときには登場人物のことであり、ときには抽象概念であり、漠然と空間を彷徨することもあり、具象的でもないし、指示的でもなく、といってまったく寓意的でもない」と言っている（注18）。前稿の最後で述べたごとく、ポウプがキリスト教の神に似せて「愚鈍」を描き、純粋存在の模倣としているとすれば、その描写は『失楽園』の神の描写よりもすぐれていることになる。

すなわち『失楽園』において神の全知、全能、遍在を暗示する工夫はなされているが、バジル・ウィリーが指摘しているように「神は遍在し、全知、全能で恵み深いと思われねばならないのに、空間的には天国に限定されているごとく描かれて」いる（注19）。これに比較すると「愚鈍」はつかみどころがない存在のように描かれており、空間的にも限定されているという印象がない。それで純粋存在であるような印象を与えている。

まず「愚鈍」はウィリアムズも指摘するごとく、この詩全体を通じて霞、雲、霧と関連させられている（注20）。第一巻には"All these, and more, the cloud-compelling Queen / Beholds through fogs, that magnify the scene."（I, 79–80）（すべてこれらのものとそれ以上のものを雲を従わせる女王は霧を通して見るのだが、霧は光景を拡大して見せるのだ）という詩行がある。「愚鈍」の側を考えると、霧を通して見るのだから、ぼんやりして正確なところはわからないだろう。霧のこちら側を考えると、「愚鈍」は霧越しにしか見えないから、やはり人間とは異なってそれこそ雲の上の存在だという印象を与える。"cloud-compelling"はゼウスにつけられる添え名である（注21）。これを「愚鈍」に用いることによって、ゼウスのごとく万物を支配しているという印象を与えると同時に、雲と霧は縁語であるから、霧の印象を増幅させて「愚鈍」の存在のわかりにくさを強調している。巧みな用い方だと考える。

もう一カ所第一巻においてシバーが失敗作を積み上げて火をつけるところがある（一・一五五—二四八）。それに気づいた「愚鈍」は「シュール」という詩集の一ページをもってその火を消すのである（一・二五七—六〇）。ラムボウルドによると、これは作者フィリップの想像力の不毛を皮肉っている（注22）。これに続いて「愚鈍」の描写がある。

Her ample presence fills up all the place;
A veil of fogs dilates her awful face:

Great in her charms! as when on shrieves and mayors
She looks, and breathes herself into their airs.
(I, 261–4)

女神の豊かな存在感が場所全体を満たす。煙がヴェールとなって女神の畏怖を感じさせる顔を大きく見せる。すばらしい魅力だ。市長たちと長官たちを見て、彼らの気取った態度にみずからを吹き込むときのようだ。

ここの“fogs”は書物が燃えているのだから「煙」の意味であるが、やはり「愚鈍」の周囲には霧が立ちこめているようにも感ずるのである。第二六一―六二行に繰り返されるl音はなめらかに響き、内容が真実であるのか、「愚鈍」は本当に存在するのか、という気持ちにさせる。“ample”（261）と“awful”（262）は入れ替えてもよさそうで、入れ替えると、“Her awful presence fills up all the place; / A veil of fogs dilates her ample face.”（女神の畏怖を感じさせる存在感が場所全体を満たす。煙がヴェールとなって女神の太った顔を大きく見せる）となる。実際には元の詩行と二語を入れ替えた詩行が重なって感じられる。

こうして霧、雲、煙、霞と関連させられると、たしかに「愚鈍」は一種馬鹿馬鹿しい存在だという印象も与えられる。同時にわかりにくい存在である。そのわかりにくさは作品のそこここにある不明瞭と密接に関連している。またそれはモラリストとしてのポウプの真意をわかりにくくする工夫とも通じている。

ポウプにしてみれば、実力のない詩人が桂冠詩人になったり、治世能力のない者が王位についていたり、言語能力のない者が大学にいたりしてはいけないのである。詩人として実力がない者が桂冠詩人になることもいけないが、そういう者を桂冠詩人に任名してしまう王室もいけない。カトリック信者であったため大学へ行けなかったし、なにかと機会の少なかったポウプにとって、そういうことは気にくわない。だが単に気にくわない、腹が立つというだけでなく、それは国家社会にとって危険なことなのである。しかしそれを単純に言っても説得力はないし、都合が悪いこともある。そこでポウプはこういうジャンルのはっきりしない詩を書き、とらえどころのない、「死ぬことのない」「愚鈍」を考え出したのだろう。「愚鈍」は馬鹿馬鹿しい存在のようであるが、現実にはたらく悪の力である。

ポウプは初めは感情をむき出しにしたが、次に注をたくさんつけてそれをごまかそうとし、また滑稽のなかに真意を埋没させようとしている。だが彼が言いたいことは、一七二八年に三巻本『愚鈍物語』を出したときも、一七二九年に集注本をだしたときも、一七四三年に四巻本『愚鈍物語』を出したときも変わらない。出版界、演劇界そして政界をこのままにしておいては、イギリスは「混沌」に支配されるようになる―これは個人の感情を越えて真実なのだ。このことをポウプは最大限の能力を用いて表現し、イギリス人に訴えたかったのだろう。それを訴えるためのいろいろな表現上、構成上の工夫がとりもなおさず「愚鈍」の存在のわかりにくさとつながっていると考える。

【注】

（1）Williams, *Pope's Dunciad*, 76.

（2）Williams, 77.

（3）Williams, 77.

（4）Pat Rogers, ed. *Alexander Pope* (Oxford: Oxford UP), 480.本論の一七四三年版のテキスト。

（5）Rogers, *Alexander Pope*, 726.

（6）中川忠訳、アレグザンダー・ポウプ『愚物物語』、一三二ページ。

（7）Rogers, *Alexander Pope*, 480.

（8）第九章。

（9）Pat Rogers, *Literature and Popular Culture in Eighteenth Century England* (Sussex: The Harvester Press, 1985), 139.

（10）『「失楽園」の世界』、六八ページ。.

（11）一七四三年版では該当部分は第二三三—四八行となっている。この前に"His never-blushing head he turned aside, / (Not half so pleased when Goodman prophesied"(III, 231－2)の二行が入り、第二三三行は"And looked, and saw a sable sorcerer rise"となっている。

（12）James Sutherland, ed. *The Dunciad* The Twickenham Edition of The Poems of Alexander Pope Vol. V (1943; London & New York: Routledge, 1963), 176.本論の一七二九年版のテキスト。

（13）Sutherland, 177.

（14）Valerie Rumbold, ed. *The Dunciad in Four Books* (Essex & New York: Pearson Education, 1999), 250.

（15）Sutherland, 177.

（16）Rumbold, 249.

（17）『「失楽園」の世界』、一七一—七四ページ。

（18）Rogers, *Introduction to Pope,* 103.

（19）『「失楽園」の世界』、八三ページ。

（20）Williams, 65.

(21) Rumbold, 108.
(22) Rumbold, 132.

第十一章 『愚鈍物語』第四巻の展開

一

第十章に続いて第四巻のインヴォケイションといくつかのエピソードを吟味したいと思う。第四巻を始めるにあたり、ポウプはもう一度気を取り直してインヴォケイションを書いている。第十章で引用したが、もう一度引用してみよう。

Yet, yet a moment, one dim ray of light
Indulge, dread Chaos, and eternal Night!
Of darkness visible so much be lent,
As half to show, half veil the deep intent.
Ye powers! whose mysteries restored I sing,
To whom time bears me on his rapid wing,

Suspend a while your force inertly strong,
Then take at once the poet and the song.

(IV, 1–8)

この八行は読めば一応意味はわかる。しかし簡単に読み流せない箇所もいくつかある。すなわち吟味に値いすると思われる。全体としてこのインヴォケイションは前半と後半にわかれる。第一—四行と第五—八行である。第一行に“one dim ray of light”とある。なぜ“dim”でなければならないのか。詩人を導く光を求めるのだから“bright”が自然である。擬似英雄詩であるから、茶化して表現しているという予想が読者にはある。だがそう考えていると、意外に真面目であり、重みが伝わってくるのがこの詩の特徴である。それはこのインヴォケイションにもあてはまる。

このインヴォケイションが茶化しているようで意外に真面目であり、重みがあるかどうかを見るために、別の擬似英雄詩『ヒューディブラス』のインヴォケイションを見てみよう。「まことに大胆不敵な／手柄話のその前に／学識ある詩人に真似て／詩神の助けを祈願しよう」（一・一・六二九—三二）と始まり、「ビールや胸くそ悪い酒によって／ウィザーズとプリンとヴィカーズに霊感を与え／さらに自然にも運勢にも逆らって／無理矢理に書かせた汝　詩神よ／当世の才人たちのひねくれた書き物や／へそ曲がりの作品に見られるような／虚栄　世評　欠乏それに／無知の輩の見せる驚嘆（中略）こうしたもので運命を屁とも思わない詩人を作り（中略）翻訳術を教え込まれる汝詩神よ／このたびだけは助け給え／二度と手をわずらわせはしないから」（一・一・六三九—五八）と続く。ウィザーズはピューリタン詩人でパンフレット作者。プリンはピューリタンのパンフレット作者で仕事をしながらビールを飲む習慣があった。ヴィカーズは長老派（ピューリタン主流）の群小詩人であった（注1）。

『ヒューディブラス』のインヴォケイションを読めば、解説を加えなくてもこれが戯画化であることは明らかである。しかしこの中にも説得力をもって迫ってくる詩行もある。詩人は詩神を信用していない。が、ウィザーズとプリンとヴィカーズがビールの力で詩を書いたのならば、「自然にも運勢にも逆らって無理矢理書かせた」ことになる。これらの人たちにそれだけ才能がないということだろう。この詩神に「このたびだけは助け給え」と言っているのだから、詩人はそれだけ謙虚であることになる。

このインヴォケイションのはじめに関してはスクリブリーラスによる注があり、「これは大いなる畏敬の念によるインヴォケイションである」と書かれている（注2）。冒頭の"yet"の繰返し、"a moment"に表現される控えめな気持ちを考えると、次の"one dim ray of light"の"dim"の意味がわかってくる。すなわち「混沌」と「夜」に語りかけるのだから"bright"より"dim"がふさわしいと考えられるが、同時にこれは詩人の控えめな心情をも表現している。光が与えられるならば、明るい光でなくてよい、薄暗い光でよい、という心情である。イメージとして「薄暗い光」が「見える暗闇」につながっていく。

第四行を考えてみよう。深い意図の半分をあらわにして半分は隠す――これは茶化して言っているようである。だが考えてみれば、世界を闇でおおい、混沌の状態に戻すのが「混沌」と「夜」の、そして「愚鈍」の深い意図であれば、人間にはその現実はまともに直視できるものではない。半分隠れているぐらいで十分だと言えよう。

第五行はどうか。詩人は「混沌」と「夜」の回復をうたう。だが"whose mysteries restored I sing"を読んでいると、回復されるのは詩人であるという読み方もできる。すなわち「回復されてその秘儀を歌う」という意味である。仮りにこのような読み方ができるとすると、詩人は何から回復されるのか。それは『愚鈍物語』

出版の歴史と関わっている。一七二八年に三巻本が出版され、翌年に集注本が出た。第四巻が加えられたのはさらに十数年の後である。その間詩人は『愚鈍物語』から離れていた。もう一度その続きを書くにあたって、詩人は気持ちを入れ替えなければならない。ふたたびこの詩のレベルに戻って書き続ける、それを詩人は“restored”と表現しているのではないか。

このように考える理由の一つとして、『失楽園』にある四つのインヴォケイションの中で、「混沌」と「夜」との関係から第三巻冒頭にある第二のインヴォケイションが筆者の頭のどこかにあるからかもしれない。第二巻で「夜」と「混沌」と地獄の様子を書いた詩人はふたたび上昇して光の神に呼びかける（注3）。

Thee I re-visit now with bolder wing,
Escap’t the Stygian Pool, though long detaind
In that obscure sojourn, while in my flight
Through utter and through middle darkness borne
With other notes then to th’ Orphean Lyre
I sung of Chaos and Eternal Night,
Taught by the heav’nly Muse to venture down
The dark descent, and up to reascend,
Though hard and rare:
(*PL* III, 13 – 21)

あの闇に包まれた仮住まいに長い間引き留められたが、その地獄の淵を逃れ、前よりも大胆な翼をかって汝を再訪する。真っ暗闇と薄闇の中を行く途中、わたしは天の詩神に教えられて、暗闇を下降しまた上昇してオルフェウスの竪琴とは異なる調べで「混沌」と永遠の「夜」を歌った。道はけわしく、困難であったけれども。

このミルトンの詩行には何と縁語が多いことだろう。"Stygian"（14）–"obscure"（15）–"darkness"（16）–"Orphean"（17）–"Chaos," "Night"（18）–"dark"（20）と暗黒あるいは暗闇を表現する語がしつこいほど並んでいる。"Stygian"（14）は"Styx"の形容詞である。ＯＥＤには第一義として"Pertaining to the river Styx, or, in wider sense, to the infernal regions of classical mythology"とあり、この箇所が引用してある。が同時に、"Black as the river Styx; dark or gloomy as the region of the Styx"という定義もある。第一義から容易に関連が考えられる。"obscure"はＯＥＤによると"Of, pertaining to, or frequenting the darkness; enveloped in darkness, and so eluding sight"の意であり、この箇所の引用はないが、『失楽園』第二巻一三二行が引用してある。"or with obscure wing / Scout farr and wide into the Realm of night, / Scorning surprize"とある。悪鬼たちの会議におけるビリアルの発言の中にある。ここの"obscure"も同様の意味に取ってよいだろう。"Orphean"に関しては、オルフェウスの盲目と暗闇の結びつきが考えられる。

全体の意味としては自分は仮住まいである闇の世界、すなわち地獄と「混沌」を訪れていたが、ふたたび光の世界に戻ってきたのだ、ということになる。『愚鈍物語』第四巻冒頭の"restored"に関して回復されるのが詩人であると解釈すると、詩人はしばらく離れていたが、ふたたび力を得て「混沌」と「夜」をうたうことになり、ちょうど『失楽園』の場合と正反対になる。まさに反叙事詩である。

ミルトンは地獄を"utter darkness"と呼び、「混沌」を"middle darkness"（III, 16）と呼んでいる。面白い呼び方である。「混沌」本来の中間的性格がよく出ている。ポウプが言う"half to show, half veil the deep intent"とつながっているように感ずる。何となくあいまいで、つかみどころのない、一見どっちつかずのような趣きが出ていると思われる。

第六行"To whom time bears me on his rapid wing"にミルトンのソネット第七番の"How soon hath Time the suttle theef of youth, / Stoln on his wing my three and twentith yeer!"（1－2）が反映している（注4）。ミルトンの場合には「時がわたしを導きゆく運命」"lot . . . Toward which Time leads me"（11－12）が言及されている。この第六行への注としてスクリブリーラスは詩人たちの名前をいくつかあげて、有名な詩人も忘却されていると指摘する（注5）。それを表現するのに"utter darkness"という『失楽園』第三巻十六行の表現を用いているのは興味深い。これはポウプが意識して用いていると考える。

時が翼に乗せて詩人を「混沌」と「夜」の許へ連れていくとは、スクリブリーラスによれば忘却されるということである。詩人がそのことを喜んでいるという趣はない。第七行"your force inertly strong"とは"Vis inertia"のことであるが（注6）、具体的には休んでいるときには動かされることに抵抗し、一度動き出すと止められることに抵抗する力のことだという（注7）。思うようにならない力ということだろうか。ここで「混沌」と「夜」のいずれの力に言及しているにしても、その力を一時止めて欲しいと詩人は願う。そして第八行で詩人と歌を導くことを願っている。暗黙のうちに「愚鈍」の支配下では詩人が忘れられても詩が残るということはないことを認めているし、ここでポウプが自らの死を考えているという指摘もある（注8）。

するとこの三行全体の意味としてはどういうことになるのか。「混沌」と「夜」の秘儀回復を願いそれを詩にしようとする詩人は、詩を書き出さないうちに「混沌」と「夜」の抗し難い支配力を認めてしまっていることになる。先が見えているという意味で何とも空虚な感じがする。インヴォケイション全体が崩れていくような感がある。インヴォケイションによって詩人が力を得てというのでなく、足を引きずられてどんどん淵の中へ沈んでいくようである。『愚鈍物語』を反叙事詩と呼んでよいならば、このインヴォケイションはまさに反インヴォケイションであると言ってよいだろう。

二

第四巻の特徴として大勢の者たちが女神「愚鈍」の許へ集まってくる。第一・二巻の愚物たちの数に比してはるかに多い数である。その職業はもはや作家、出版者などに留まらない。学問に関わる者たちが多いのは事実である。ここではポウプの諷刺は創作活動のみならず、イギリス人の知的活動全般に及んでいると言ってよいだろう。しかも諷刺される者たちの名前が言及されない。それによって特定の個人ではなくて、イギリスの文化全体が問題とされているという趣きがよく出ていると考える。

第四巻においても桂冠詩人である息子、愚物の王は「愚鈍」の膝枕で寝ているが（四・二〇）、「愚鈍」の足下にはきびしい現実がある。

Beneath her footstool, Science groans in chains,
And Wit dreads exile, penalties and pains.

There foamed rebellious Logic, gagged and bound,
There, stripped, fair Rhetoric languished on the ground;
His blunted arms by Sophistry are borne,
And shameless Billingsgate her robes adorn.
(IV, 21 – 26)

女神の足台の下で学問は鎖につながれてうめいているし、創作力は追放と刑罰を恐れている。反抗的な論理学は猿ぐつわをかまされ縛られて泡を吹いた。服を剥ぎ取られた美人の修辞学は地面でぐったりとなった。論理学のなまくらな武器は詭弁がたずさえていたが、修辞学の衣は恥知らずでがらの悪い言葉のビリングズゲイトを飾っていた。

論理学とその誤用の詭弁は男性として扱われ、修辞学とその誤用であるビリングズゲイトは女性である（注9）。ビリングズゲイトはロンドン最大の魚市場であり、転じてそこで話される野卑な言葉を意味するようになった。ポウプの注によれば、無益となるべく弱められ閉じ込められているが、創作力（Wit）はもっと危険で行動的な敵として刑罰を受けている。あるいは追い払われているということである（注10）。逆に言えば、「愚鈍」の働きによってイギリスでは"Wit"が力を発揮できなくなっていたのである。

Morality, by her false guardians drawn,
Chicane in furs, and Casuistry in lawn,
Gasps, as they straiten at each end the cord,

And dies, when Dulness gives her Page the word.
(IV, 27–30)

毛皮を着た法律上のごまかしとローンをまとったこじつけというにせ後見人に導かれた道徳律は、彼らが両端で紐をしめると息が詰まって、「愚鈍」がペイジに命ずると息絶える。

“Chicane”はアーミンの毛皮をまとった裁判官であり、“Casuistry”はリンネルの僧服を着た主教である（注11）。司法にも宗教にも道徳が失われている状態である。ここで受ける印象は「愚鈍」の支配力が非常にはやく効果を発揮することである。『失楽園』第十一巻で堕罪の結果としてカインによるアベルの殺害があり（十一・四二九―四九）、ハンセン氏病院らしきものが現われて病気のカタログがあげられる（十一・四七七―九三）。効果としてはこれとよく似ていると言えよう。すなわち、徐々に「愚鈍」支配の、そして堕罪の影響を描くというのでなく、はやくて直接的な効果を書いている。第四五行で「娼婦らしき姿」が登場するまでは、人間でなしに抽象的概念が擬人化されて登場している。それらが鎖でつながれたり、息の根を止められたりしている。女神「愚鈍」の支配に対するポウプの不安は真剣である。だが人間でなくて抽象的概念がひどい目に遭っているので、読者の受ける印象は緩和される。これは第一―三巻には見られなかった工夫であると考える。続きを引用してみる。

Mad Mathesis alone was unconfined,
Too mad for mere material chains to bind,

Now to pure space lifts her ecstatic stare,
Now running round the circle, finds it square.
(IV, 31－34)

狂った数学のみが束縛されなかった。ふつうの物質でつくった鎖で縛れないほど荒れ狂っていたので。恍惚として純粋空間に目を向けたり、円周をまわってそれが正方形であるとわかる。

純粋空間とはすなわち純粋で物質を取り除かれた、の意であるという注がある（注12）。さらにその解説としてこの注はポウプの友人クロインの主教ジョージ・バークリ（一六八五―一七五三）の考えに従っているという（注13）。彼は絶対空間というニュートンの概念、すなわち対象として測定されるべき物体を考慮しないで考えられる空間という概念を問題にしなかった。バークリにとってこのような空間は神のみに帰属される（永続性といった）性質をもつものであった。

第二一行から「愚鈍」に支配されて惨めな姿を呈しているものたちをもう一度見ると、学問、創作力、論理学、修辞学などでこれらは多かれ少なかれ「愚鈍」の力で拘束されている。道徳律に至ってはついに息絶える（三〇）。ここで問題としている数学はどうか。拘束できないほどの狂いようである。その常軌を逸した様子は純粋空間という概念を受け入れていることで表現される。これは面白いところである。第九章でも引用したが、ウィリアムズによれば、「愚鈍」はわかりにくい存在であり、ポウプはこれをキリスト教の神に似せて純粋存在の模倣としており、人間の想像力ではせいぜいぼんやりとしか理解できない状態として描いた（注14）。神でないものを純粋存在として受け入れることが狂っているならば、「愚鈍」を純粋存在と感ずる者はみな狂っていることになる。『愚鈍物語』を読む者は愚物になる運命を担っている――。
第四五行で娼婦が登場する。

When lo! a harlot form soft sliding by,
With mincing step, small voice, and languid eye;
Foreign her air, her robe's discordant pride
In patchwork fluttering, and her head aside:
(IV, 45–48)

そのとき見よ、娼婦らしき姿がそっとやってくる。小股で歩き、声は小さく、物憂げな眼をして、外国風で、着ている衣のちぐはぐな誇りはパッチワークとなってパタパタし、頭をかしげながら。

この詩行を読むと注を見なくとも娼婦が何かの象徴であることはうかがえる。これは"a harlot"ではなく"a harlot form"である。第二巻の競技会で競走の賞品と「愚鈍」が愚物たちの前に置いたのが詩人の像（A poet's form）であることが想起される（二・三五）。"soft sliding by"，"mincing step"，"small voice"，"languid eye"とこの二行におけるl音とs音の反復と相俟っていかにも力のない弱々しい女のイメージがある。弱々しいけれども"a harlot"にはちがいない。
第四五行への注によると（注15）「この幻影に与えられた態度はイタリア・オペラの性質と特質をあらわす。きざな雰囲気、弱々しい音、オペラを好みの歌で支離滅裂につぎはぎする習慣のことである」とある。すでに指摘したごとく、第四巻では諷刺の対象から固有名詞が消えている。ここでは人間ではなくてある芸術のジャンルが諷刺の対象である。もちろんそれに関わる人たちが共に諷刺されているのであるが。このように諷刺の対象が人間の場合には固有名詞がなかったり、人間でなくてオペラが諷刺されていたりすると、諷刺の対象から個別性（particularity）がなくなって、一般性（generality）が感じられるようになる。たとえば『失楽園』のアダムとイヴが個別の人間であるというよりも、原型として表現されているというのと似ている（注16）。すると一種大まかではあるが、また印象がぼやけるとも言えるのであるが、個別の人間を対象としているよりも、スケールは大きいと言えよう。言い換えればそれだけ女神「愚鈍」がもつ印象に近づいたということである。そのような文脈でこの娼婦のことばを読むと印象はどうだろう。

　‘O Cara! Cara! silence all that train:
Joy to great Chaos! let division reign:
Chromatic tortures soon shall drive them hence,
Break all their nerves, and fritter all their sense:
One trill shall harmonize joy, grief, and rage,
Wake the dull church, and lull the ranting stage;
To the same notes thy sons shall hum, or snore,
And all thy yawning daughters cry, encore.
(IV, 53 – 60)

「愛しき愛しき女神よ、あの連中を静かにさせ給え。偉大な「混沌」に歓喜あれ。ディヴィジョンに支配させましょう。半音階による苦悩がすぐに彼らをここから追い立て、神経を衰弱させ、感覚は全部切り刻むでしょう。同音反復が歓喜と悲しみと怒りを調和させ、愚鈍な教会の目を覚まさせ、わめきちらす演劇をなだめるでしょう。汝の息子たちは同じ音に合わせてハミングしあるいはいびきをかくでしょう。汝のすべてのあくびをしている娘たちはアンコールとさけぶことでしょう」

ディヴィジョンは音符を細分化する装飾法である。本来の意味の「分割、分離」も含まれている。すなわち地口である。オペラは紛争の世界として悪名高かった。ヘンデルと歌手たち、ヘンデルと貴族オペラの闘争、ヘンデルとブノンチニの競争はよく知られていた（注17）。するとディヴィジョンは「愚鈍」の父である「混沌」と結びつく。半音階という中途半端な音も「混沌」と関連する。同音反復に至っては相容れない感情を調和させるのであるから、秩序があるようだが、現実にはそのような調和はあり得ないので、まさに「混沌」である。いびきやあくびはまさに「愚鈍」の作用である。

イタリア・オペラに対する反感を示したのはポウプのみではなかった。オペラの内容もさりながら、金のかかる代物であったことも理由の一つであった。イタリア・オペラを支えるには定期的寄付者が必要であり、王立音楽アカデミーはそのために設立された。設立が一七一九年であり、最初に寄付を募ったのがちょうど南海会社が出資者を募ったのと同じ頃であったため批判もそれだけ強くなった（注18）。イタリア・オペラを表わす娼婦と「愚鈍」が重なって感じられる理由としては、両者共に女性である点もあげられる。なるほどこの娼婦は弱々しい女性として描かれているが、男性に対する支配力は強いのである。

堕落した放蕩のジェントリが外国人スターの前で腰をかがめるという姿は、反対者共通の批判の的であった（注19）。イタリア・オペラには弱々しい女性に象徴される要素があったにしても、一方で男性に対する支配力をも有していた。それは弱々しいからこそ金を持った男性である貴族やジェントリにお支えられねばならなかった。支える側が喜んで支えるのは対象の魅力による。それだけ対象に魅力があることになる。ここではイタリア・オペラである。女性であることと愚物――まさにイタリア・オペラ愛好者は愚物であったろう――に対する支配力は「愚鈍」とイタリア・オペラなる娼婦に共通するところである。
ロジャーズもイタリア・オペラを「愚鈍」の生きたイメージとしてとらえている。すなわちイタリア・オペラは意味のない音の暗喩としての役目を果たしている。また第四巻のしまりのない形式と朝見の式の場面との関連も指摘されている（注20）。

三

諸国民が「愚鈍」の玉座へと集まってくる（四・七一―七四）。ちょうど蜜蜂が女王蜂に群がるごとくである（七九―八〇）。

Now crowds on crowds around the Goddess press,
Each eager to present the first address.
Dunce scorning dunce beholds the next advance,

But fop shows fop superior complaisance.
When lo! a spectre rose, whose index-hand
Held forth the virtue of the dreadful wand;
His beavered brow a birchen garland wears,
Dropping with infant's blood, and mother's tears.
(IV, 135–42)

人々は女神を囲んで幾重にも群がる。それぞれ我勝ちに語りかけようとしながら。愚物は愚物を嘲りつつとなりの者が進み出るのを見る。しゃれ者はしゃれ者に相手の上をいくていねいな態度を見せつける。そのとき、見よ、亡霊があらわれたが、その右手は恐ろしい棒の効力を与えるものであった。彼のビーバー皮製帽子にはカバの木の飾りがついていたが、幼児の血と母親の涙をしたたり落とした。

ここで最初に「愚鈍」に語りかけるのは、校長である(注21)。モデルはウェストミンスター校の校長リチャード・バスビ(一六〇六―九五)である。ここでは彼は「愚鈍」支配の基礎を置いていることになるが、それは言葉を丸暗記させ、言葉が表現する現実を探求させないことによる。この校長はこのように語るのである。「人間は言葉によって動物と区別されるから、言葉は人間の領域であり、われわれは言葉のみを教える」"Since man from beast by words is known, / Words are man's province, words we teach alone."(IV, 149–50)と。たしかに伝統的に人間と動物は話す能力(the faculty of speech)によって区別される(注22)。もちろん言葉には理性の意味が含まれている。ここで校長が言っているのは人文学者たちが「言葉」という語に与えた内容を無視することであり、雄弁から知恵をなくし、言葉から内に含まれていると思われる思考を搾り取ることである。『失楽園』第九巻において悪魔扮する蛇にイヴが興味を抱くきっかけは蛇の話す能力である。イヴは面白いことに動物の理性にもふれ、その方が理解しやすいと言っている。

What may this mean? Language of Man pronounc't
By Tongue of Brute, and human sense exprest?
The first at lest of these I thought deni'd
To Beasts, whom God on thir Creation-Day
Created mute to all articulat sound;
The latter I demurr, for in thir looks
Much reason, and in thir actions oft apeers.
(*PL* IX, 553 – 59)

これはどういう意味かしら。人間の言葉が動物の口で発音され、人間の思慮が表現されるとは。すくなくとも言葉の方は動物に与えられないと思っていた。動物創造の日に神はすべての有節音をしゃべれないように創造したのです。人間の思慮の方はよくわかりません。動物の表情と行動に理性がしばしば現われていますから。

動物の理性に関しては例えば第七巻に"First crept / The Parsimonious Emmet, provident / Of future, in small room large heart enclos'd"（*PL* VII, 484 – 86）（最初につましいアリが這った。小さいからだに大きな気持ちを包んで

将来のために貯えをする）とアリの知恵が言及されている（注23）。また第八巻で神は“they also know, / And reason not contemptibly”（VIII, 373－4）（動物たちも理解力はあるが、よく考えて推論することはない）と言っている。だから動物にも理性らしきものがあると考えるイヴがまちがっているのではない。

イヴは傲慢によって堕罪する。ことば巧みに誘惑者はイヴが天の女王になるべきと言い（『失楽園』九・五四二―四八）、禁断の実を食べて神性を獲得すべきであると言う（七〇三、七一一）（注24）。イヴは正しい理性の機能を失なって堕罪する。ひとつには悪魔の言葉のみに惑わされて内容を考えないことがあげられる。もうひとつは悪魔のへつらいがそのように仕向けるのである。このへつらいこそ社会を堕落させるものとしてポウプが強く抗議しているものである。

ジョージ王朝においては愚物的詩法と修辞法が存在するように思われた。すなわち国王に対する追従的誕生日のオード、政党指導者たちへのお世辞書簡、雇われパンフレット、官報、「腐敗した者を静かにさせ、愚物を夢中にさせる」（四・六二四）ことができる文芸上の魅力あるものである（注25）。へつらいも表現と内容が分離しているという点で上述校長の「言葉のみを教える」ことと関連している。上に引用した詩行でも「しゃれ者がしゃれ者に相手の上をいくてねいな態度を見せつける」ところにも、へつらいの精神を競う愚物たちの姿が如実に表現されている。

いずれにせよイヴが言葉の表面のみを追って、内容を考えない点と、さらにそれが誘惑者のへつらいと結びついていることを考えると、まさにイヴは愚物の最たる者となったときに堕罪すると言ってよいだろう。

さて第三九七行から「イナゴの如く」多数の者たちが贈物をもって「愚鈍」のもとに集まってくる。先頭に立つのが二人、一人は花をもう一人は蝶をもってくる。ところがいずれも死と結びつく。

Then throned in glass, and named it CAROLINE:
Each maid cried, ‘Charming!’ and each youth, ‘Divine!’
. . .
Now prostrate! dead! behold that Caroline:
No maid cries, ‘Charming!’ and no youth, ‘Divine!’
(IV, 409–14)

ガラスの中に大切に飾り、キャロラインと名づけました。女の子はみな「魅力的」と叫び、男の子は「神々しい」と叫びました。（中略）今ではしおれて枯れている。あのキャロラインを見よ。「魅力的」と言う女の子はいないし、「神々しい」と言う男の子もいません。

ポウプ自身の注にあるごとく、自分が育てた花に貴顕の名をつける慣わしがあった（注26）。ここには明らかにキャロライン王妃（一六八三―一七三七）の死が反響している。が、それ以上にここには『失楽園』第二巻で「罪」が悪魔相手に「死」に関して語るくだりが背後にあると思う。“I fled, and cry’d out Death; / Hell trembl’d at the hideous Name, and sigh’d / From all her Caves, and back resounded Death.”（*PL* II, 787–9）とある。“Charming”に対して“Divine”という反応があり、つぎに死によって“Charming”も“Divine”も聞かれなくなる。

二人目は蝶を追うときに関して“It fled, I followed; now in hope, now pain; / It stopped, I stopped; it moved, I moved again.”（IV, 427–8）と言っている。ポウプは『失楽園』からの引用を注につけている（注27）。第四巻で水に映った自分の姿についてイヴがアダムに語るところである。“I started back, / It started back, but pleasd I soon returnd, / Pleasd it returnd as soon"（*PL* IV, 462−4）とある。この蝶も結局死んでいる。

こうして見ると花、蝶、死、イヴ、誘惑、へつらいといったものがつながっている。蛇はイヴを誘惑するにあたって"sovran Mistress"（*PL* IX, 532）と話しかけ、"who shouldst be seen / A Goddess among Gods, ador'd and serv'd / By Angels numberless, thy daily Train."（*PL* IX, 546−8）と言った。まさにへつらいである。イヴはその果実を食べているとき死を食べていることを知らないのであった（『失楽園』九・七九二）。

【注】

（1）Wilders, *Samuel Butler: Hudibras*, 336−7.
（2）Rogers,. *Alexander Pope* 514.
（3）『「失楽園」の世界』四五、一二九ページ参照。
（4）Rumbold, *Alexander Pope: The Dunciad in Four Books*, 271.
（5）Rogers, *Alexander Pope*, 515.
（6）Rogers, *Alexander Pope*, 515.
（7）Rumbold, 273.
（8）Rumbold, 273.
（9）Rumbold, 276.
（10）Rogers, *Alexander Pope*, 516.
（11）Rumbold, 276.

(12) Rogers, *Alexander Pope*, 517.
(13) Rumbold, 277.
(14) Williams, *Pope's Dunciad*, 144.
(15) Rogers, *Alexander Pope*, 518.
(16) T. S. Eliot, *Milton: Two Studies* (London: Faber & Faber, 1968), 39.
(17) Rogers, *Literature and Popular Culture*, 112.
(18) Rogers, *Literature and Popular Culture*, 48–49.
(19) Rogers, *Literature and Popular Culture*, 50.
(20) Rogers, *Literature and Popular Culture*, 103.
(21) Rumbold, 291.
(22) Williams, 112.
(23) John Carey & Alastair Fowler, eds. *The Poems of John Milton* (1968; London: Longman, 1980), 804.
(24) 拙訳C・S・ルイス『「失楽園」序説』、二二九ページ。
(25) Williams, 117.
(26) Rogers, *Alexander Pope*, 538.
(27) Rogers, *Alexander Pope*, 539.

第十二章『髪の略奪』

一

『髪の略奪』*The Rape of the Lock*（一七一四）はポウプによって書かれた擬似英雄詩の傑作とされている。一七一二年に出版された作品は *The Rape of the Locke* と題し、二つの篇（canto）から成っている。第一篇は一四二行、第二篇は一九二行で計三三四行である。ポウプはこれを二週間足らずで書いたと思われる（注1）。これを拡大して五篇からなる詩としたのが一七一四年版である。第一篇は一四八行、第二篇は一四二行、第三篇は一七八行、第四篇は一七六行、第五篇は一五〇行であり、計七九四行である。われわれがテキストとするのはこの一七一四年版である。

ポウプは依頼されてこの詩を書いた（注2）。すなわちこの詩に関係する三つの家族、ファーモア家（the Fermors）、ピーター家（the Petres）、キャリル家（the Carylls）はいずれも著名なローマ・カトリック教徒であり、姻戚関係にあった。ポウプはどの家族とも親しかった。一七一二年三月二一日以前のことであったが、ピーター卿がアラベア・ファーモアの髪の毛を切ってしまうという珍事があり、これが原因となって二つの家族は不和の仲となった。これを知ったジョン・キャリルがポウプに、詩を書いて不和を取り除いて欲しいと依頼してきた。すなわち、事件そのものを笑い種としてしまうような詩を書くことを、両家の知人であり好意を寄せる者としてのポウプに依頼してきたのである。

このような経緯を考えればこの詩は擬似英雄詩ではあるが、ポウプは善意にもとづいて書いたことがわかる。対象を揶揄してはいるが、それは悪意や敵意にもとづくのではない。その意味では、たとえば『愚鈍物語』のごとく深刻でもないし、暗くもない。軽いといえば軽い。ポウプの技巧を考えれば軽妙と言った方が良いかもしれない。が、やはりそこには基本的に真面目なポウプの道徳律といったものがある。それがなければ、擬似英雄詩として成功しなかっただろう。英雄詩あるいは叙事詩を書く能力がなければ、擬似英雄詩は書けない。それではこの軽妙な作品を貫くモラルはどこにあるのか。またポウプの技巧はどのように現われているか。それをわたしなりに吟味したいと思う。

二

上述のごとくポウプは二篇から成る一七一二年版を拡大して一七一四年版を書いた。最初にこの詩を書いた動機はキャリルによる依頼であったが、改訂版を書いたのはポウプ自身この詩が気に入ったからにちがいない。一七一四年版の冒頭を見てみよう。

What dire Offence from am'rous Causes springs,
What mighty Contests rise from trivial Things,
I sing — This Verse to Caryll, Muse! is due;
This, ev'n Belinda may vouchsafe to view:
Slight is the Subject, but not so the Praise,
If She inspire, and He approve my Lays.
　Say what strange Motive, Goddess! cou'd compel
A well-bred Lord t'assault a gentle Belle?
Oh say what stranger Cause, yet unexplor'd,
Cou'd make a gentle Belle reject a Lord?
In Tasks so bold, can Little Men engage,
And in soft Bosoms dwells such mighty Rage?

(I, 1 – 12)

恐るべき不快の種が恋愛から生じ、激しい抗争がつまらないことから生じる次第を私は歌う。詩神よ、この詩はキャリルに捧げられるべきものだ。これはベリンダも見て下さるだろう。主題は軽いものだが、もしベリンダが霊感を与え、彼が私の詩を認めて下されば、賞賛は軽くはない。育ちのよい閣下がやさしい美女を襲った奇妙な動機は何だったのか、詩神よ教えて下さい。やさしい美女が閣下を拒絶したさらに奇妙な、そしてまだわからない原因は何だったのか、言って下さい。このように大胆な仕事に小さい人間が従事できるのか。このように強い怒りがやさしい胸中に宿っているものなのか。

これは要するに叙事詩の冒頭である。すなわち、作品全体の命題をまず述べ、それを歌いあげるために詩神に助けを求めている。第一行と第二行は第三行"I sing"の目的語である。ポウプは目的語を動詞よりも先に持ってくるという叙事詩の命題の表現法を模倣している(注3)。しかも"What dire . . ."(1)と"What mighty Contests . . ."(2)と目的語となる名詞節を繰返すことによって重々しい調子を出している。また一七一二年版では"C-l"(3)とキャリルの名前をはっきり出していないのに一七一四年版ではっきり出していることについてポウプ自身キャリル宛の手紙でこのように言っている。「このもっと厳粛な版(一七一四年版)で私は不思議にあなたの名前を入れたいという気持ちになりました」と(注4)。

この十二行を読んで読者はどのような印象を受けるであろうか。第一行"am'rous Causes"、第二行"trivial Things"、第五行"Slight"により、詩の内容が宗教的でもないし、深刻でもないことがわかる。また"Caryll"、"Belinda"という具体的固有名詞によりたとえば国家の起源といった大問題を歌うのでないことがわかる。すなわち何か身近な問題に関する詩であるという印象を受ける。

これに比していかにも叙事詩らしい趣きを与えている表現を探ると、"dire Offence"(1)、"mighty Contests"(2)、"Tasks so bold"(11)などである。"If She inspire, and He approve my Lays"(6)は"She"と"He"が誰であるかによって壮大な印象も与えるし、平凡な存在を大げさに言っているならいかにも擬似英雄詩的であるということにもなる。しかし"She"と"He"に対して詩人が並々ならぬ敬意を抱いていると考えれば、この一行はそれなりの重みを伝えることになる。第十一行"Tasks so bold"と"Little Men"は擬似英雄詩的矛盾である(注5)。それは次行の"soft Bosoms"と"such mighty Rage"にも見られる。

第二行"What mighty Contests rise from trivial Things"について考えてみよう。"mighty Contests"と"trivial Things"は擬似英雄詩的矛盾であろうか。「つまらないこと」を「激しい抗争」と言うならばそれは擬似英雄詩的矛盾である。だが、「激しい抗争がつまらないことから生じる」、すなわちつまらないことが発展して激しい抗争あるいは大きな結末に至ると言うならば、それは英雄詩的、あるいは叙事詩的であると言える。たとえば『失楽園』の冒頭を考えてみよう。

OF Mans First Disobedience, and the Fruit
Of that Forbidd'n Tree, whose mortal tast
Brought Death into the World, and all our woe,
With loss of Eden, till one greater Man
Restore us, and regain the blissful Seat,
Sing Heav'nly Muse . . .
(*PL* I, 1–6)

人間の最初の不従順と禁断の実について——その実を食べたことにより、死とわれわれのすべての苦悩が世界にもたらされ、エデンは失われた、ついにもっと偉大な人間がわれわれを贖ない、恵みの座を取り戻すまで——天の詩神ようたえ……

禁断の実を食べることは死という恐ろしい結末をもたらす。だが実を食べるという行為そのものは単純である。その単純な行為が死と苦悩をもたらす。そして死と苦悩から人間を救済するために、キリストの受肉、受難、復活、再臨がある。単純な行為が人類全体を包括する歴史に発展する（注6）。

『アエネーイス』の冒頭はどうか。「わたしは歌う、戦いと、そしてひとりの英雄を。神の定める宿命のままにトロイアの岸の辺を、まずは逃れてイタリアの、ラーウィニウムの海の辺に、辿りついた英雄を……ローマの都を建設し……ローマの都が生まれ出る」（泉井久之助訳）。トロイア陥落は歴史的事件であるが、トロイア人にしてみれば否定的状態である。そこからローマ建設に至る英雄の苦難をうたおうとする。

このように単純な行為から大きな結末に至る過程、あるいは陥落したトロイア敗残の英雄が苦難を経て帝国を建設する過程をうたうという叙事詩の趣きに慣れ親しんだ読者が、"What mighty Contests rise from trivial Things"を読んで叙事詩的趣きを感じてもおかしくないと考える。

三

一七一二年版と一七一四年版第一巻の冒頭を読みくらべると、第一行から第十六行はほぼ同様であり、第十七―十八行はそれぞれ"Thrice the wrought Slipper knock'd against the Ground, / And striking Watches the tenth Hour resound."（念入りに作られた上靴は三度床を踏み、時計は十時を響かせる）、"Thrice rung the Bell, the Slipper knock'd the Ground, / And the press'd Watch return'd a silver Sound."（鐘は三度鳴り、上靴は床を踏み、ボタンを押すと時計は銀色の音を響かせる）となっている。要するにおおまかに言って同じ内容である。だが第十九行から二つの版はまったく相違を明らかにする。

一七一二年版では「ベリンダは起き上がり、おつきの婦人たちに囲まれて銀色に輝くテムズ川の川面に舟出する」とあり、一七一四年版では「ベリンダは綿毛の枕で寝ており、ベリンダを守る大気の精がさわやかな眠りを長引かせていた」とある。すなわち“Sylph”（大気の精）という超自然的存在によってポウプは話を長引かせ、ふくらませ、同時に叙事詩的趣きを作り出そうとしている。この大気の精についてポウプ自身がアラベラ・ファーモア夫人に宛てた献辞でこのように述べている（注7）。「超自然的存在（The Machinery）とは批評家たちによって発明されたことばで、神と、天使たち、半神半人たちが詩の中で演じる役割を意味します。（略）精霊に関するバラ十字会教理という非常に新しくて奇妙な出典によってこの超自然的存在を持ち出すことにしました。バラ十字会会員のことをお話しなければなりません。わたしが知る最善の説明は『ガバリ伯爵』（*Le Comte de Gabalis*）というフランス語の書物の中にあります。これは題も厚さも小説のようなので、多くのご婦人方がまちがって小説として読んだほどです。バラ十字会会員によると四元素には精霊たちが住んでおり、大気の精（Sylphs）、地の精（Gnomes）、ニンフ、火の精（Salamanders）と呼ばれます」

バラ十字会はバトラーが『ヒューディブラス』第二部第三篇で言及しており、これが『髪の略奪』に奇妙にあてはまる（注8）。主人公が占い師シドロフェルと問答しているなかで言及される。日本語訳を示すと

もっと間違いのないのがバラ十字会
おとりを使って悪魔を呼び出す
会員それぞれ独自の仕掛けで
霊を捉える
ダンスタンが老女に化けた悪魔を捉えたように
煙りで燻（いぶ）して鼻を捉える者

網で鳥を捕獲するように
言葉と呪文の罠を掛ける者
最も惑星の影響力が強いときに刻んだ
暗号　記号　呪い（まじない）を用いる者といろいろだ
（二・三・六二三―二二）

とある。バラ十字会は第一部第一篇でヒューディブラスの従者ラルフォーを説明する箇所ですでに出ている。「バラ十字会の教義に通じ／「ヴェレ・アデプトゥス」の称号を持っていた／鳥が言葉を解する程度に／彼は鳥の会話を理解した」（一・一・五三九―四二）とある。神秘哲学者の多くは錬金術師でもあり、「アデプト」とはその秘儀に達した者に与えられる称号であるという（注9）。

いずれにせよ、バラ十字会が『ヒューディブラス』において真面目に扱われているとは思えない。第二巻で言及している主人公ヒューディブラスには例によって独特の頑固さと真面目さが感じられるのではあるが。それではポウプはどうか。ポウプはどのようにバラ十字会を扱っているのか。やはり遊び心を持って、ということだろう。

さてベリンダの守護霊である大気の精――エアリアルという名であるが――は魅力的な青年となって夢の中でベリンダに現われる。「王族の誕生の夜にめかし込む伊達男を負かすほど輝くに青年が（略）ささやき声で言った、あるいは言っているように思われた」（一・二三―二六）とある。この最後の部分は“And thus in Whispers said, or seem'd to say:”となっている。これに注がついていてポウプは『アエネーイス』第六巻四五四行と『失楽園』第一巻七八一行以下をまねているとある（注10）。『失楽園』の該当箇所を見ると、“or Faerie

Elves, / Whose midnight Revels, by a Forrest side / Or Fountain, some belated Peasant sees, / Or dreams he sees”（I, 781–84）（あるいは小妖精さながらに。森のはずれか泉のほとりで小妖精が浮かれ騒ぐ様を、帰りが遅くなった農夫が見る、あるいは見ると夢見る）となっている。“said, or seem’d to say”は“sees, Or dreams he sees”を反響している。

『失楽園』に関しては“methought”という語が夢に関連して用いられていることに注意したい。意味はＯＥＤにあるごとく、“it seems to me”である。これはポウプも『名声の殿堂』で用いている。“While thus I stood, intent to see and hear, / One came, methought, and whisper’d in my Ear”（497–98）とある。『失楽園』第五巻の冒頭でイヴが自分が見た夢についてアダムに語るところがある。“methought / Close at mine ear one calld me forth to walk / With gentle voice”（V, 35–7）（わたしの耳元でやさしい声で誰かが歩くように呼びかけているようでした）。もう一箇所第八巻でアダムが自分が造られたときのことをラファエルに語っているところがある。“When suddenly stood at my Head a dream . . . / One came, methought, of shape Divine”（VIII, 292–95）（急にわたしの枕許に夢が立ちました……神々しい姿をした方が来られたように思いました）とある。第八巻の別の箇所では、“Mine eyes he clos’d, but op’n left the Cell / Of Fancie my internal sight, by which / Abstract as in a transe methought I saw”（VIII, 460–62）（その方はわたしの眼を閉じましたが、内面の視覚である想像力の小室は開けておいて下さいました。それによって夢うつつのように身体から分離されて見たと思いました）とある。この三箇所ではいずれも夢に関連して“methought”が用いられている。最後の例では“as in a transe”がさらに意味を強めている。ポウプが“And thus in Whispers said, or seem’d to say”と書いたとき、これらの詩行が頭にあったのではないだろうか。

『失楽園』の神と悪魔も『髪の略奪』の大気の精も超自然的存在であるから、それらと人間との交渉を描写するときに似た表現が用いられても不思議はない。超自然的存在は叙事詩の世界を広げ、叙事詩に叙事詩的次元を与えるものである。『イーリアス』、『オデュッセイアー』、『アエネーイス』には神々、女神たちが登場する。『失楽園』では神、キリスト、天使、反逆天使たちと、アダムとイヴ以外は超自然的存在ばかりである。ではポウプの言う大気の精たちは、これら作品の超自然的存在とどのように異なるか。

夏目漱石は『文学評論』「第五編ポープと所謂人工派の詩」において言う（注11）。「精巧細緻は形に於て、性に於て、擧動に於て、ひとしく應用し得る此種の超自然の資格である（略）ポープの描いたる超自然は明瞭なるの點に於て、仄かに滑稽なるの點に於て、（略）正に此種の超自然である。この方面に筆を着けたものは、ポープ以前に沙翁がある」漱石は『夏の夜の夢』のフェアリーズと『テンペスト』のエアリエルを例としてあげる。さらに「ポープは全く其詩趣を滿足せしむる為に此小さい精を作り上げたに違ない。しかして其詩趣は壮大、崇高、畏怖に伴ふ詩趣ではなかった。可憐、麗明、綺彩の諸質を帯びて、普通の自然界に現實となって見る可からざる超自然に伴ふ詩趣であった。美的なる超自然と云ふ點に関しては沙翁のそれと同一である」と言っている。たしかに「美的なる超自然」という意味ではシェイクスピアとポウプの描く超自然的存在は類似している。だが後述のごとく別の観点からすれば両者は異なる。ポウプの超自然的存在についてもっとくわしく吟味してみよう。

四

この詩における超自然的存在の「精巧細緻」の趣きはベリンダが目覚めてからおこなう化粧の様子にもそのまま現われる。

This Casket India's glowing Gems unlocks,
And all Arabia breathes from yonder Box.
The Tortoise here and Elephant unite,
Transform'd to Combs, the speckled and the white.
Here Files of Pins extend their shining Rows,
Puffs, Powders, Patches, Bibles, Billet-doux.
Now awful Beauty puts on all its Arms;
. . .
The busy Sylphs surround their darling Care;
These set the Head, and those divide the Hair,
Some fold the Sleeve, whilst others plait the Gown;
(I, 133–39, 145–47)

この小箱にはインドの宝石が入っているし、向うの箱からはアラビアの香りが漂う。ここにあるべっ甲と象牙がひとつになって、まだらの櫛と白い櫛になる。ピンとじが並んで光っており、パフ、おしろい、布切れ、聖書、恋文がある。さてこの厳かにも美しきものはすべての武器を身につける……大気の精たちは忙しく世話をする。頭を整える者、髪の毛に分け目を入れる者、袖を折る者、ガウンをたたむ者。

たしかに化粧道具には「精巧細緻」の趣きが感じられる。これはこの詩全体の趣きでもある。それならばベリンダの美しさ、化粧道具の高級さ、大気の精の可愛らしさといった道具だてが揃ったところで、この詩がきれいごとで終ってしまうかと言うとそうではない。上記に引用した詩行の前の部分をみると、

And now, unveil'd, the Toilet stands display'd,
Each Silver Vase in mystic Order laid.
First, rob'd in White, the Nymph intent adores
With Head uncover'd, the Cosmetic Pow'rs.
A heav'nly Image in the Glass appears,
To that she bends, to that her Eyes she rears;
Th'inferior Priestess, at her Altar's side,
Trembling, begins the sacred Rites of Pride.
Unnumber'd Treasures ope at once, and here
The various Off'rings of the World appear;

From each she nicely culls with curious Toil,
And decks the Goddess with the glitt'ring Spoil.
(I, 121–32)

さて化粧道具が現われ並んでいる。銀製の壷が一つずつ神秘的な順序に置かれている。まず、白い衣を着た美女は頭のおおいをはずして、熱心に美容の神々を崇める。鏡の中には神々しい姿が現われ、美女はその方へ腰をかがめ、また目を上げる。下級女祭司は祭壇の脇でふるえながら聖なる傲慢の儀式を始める。ただちに無数の宝物が開けられ、世界のいろいろな供物が現われる。各々から美女は細心の注意を払い品のよい手つきで選び、輝く戦利品で女神を飾る。

鏡に映っている「神々しい姿」はベリンダ自身の像であるが、ベリンダはこれを崇める。「下級女祭司」はメイドである。ベリンダ自身は女祭司長ということになる（注12）。これは女祭司長という表現を用いずに存在を示し、それが鏡に映った自分の姿に見とれている様子を浮き彫りにするポウプの筆致である。

だが鏡に映った姿はいかに美しくとも、それは実体ではない。だからそれに向って腰をかがめることも空しい。女神が空しい存在ならばそれに仕える女祭司長も空しい役目を果していることになる。女神と女祭司長は存在するようであるが、実際に存在するのはベリンダのみである。存在するようで存在しないという空虚さはこの詩の趣きである。夢でベリンダに現われた「王族の誕生の夜にめかし込む伊達男以上に輝く青年が、ささやき声で言った、あるいは言っているように思われた」（一・二三―二六）にある頼りなさに通じている。この詩全体が叙事詩かと思えば擬似叙事詩であることにも通じていると考える。また守護霊であるはずのエアリアルが重要な時点ではベリンダを助けない、あるいは助けられないこととつながっている。表面は美しいけれども実体がない。『愚鈍物語』第四巻三九七行以下で多くの者が女神「愚鈍」の許へ集まってくる。先頭に立つ二人がそれぞれ花と蝶をもっている。美しいのではあるが、一方は枯れ、一方は死んでいる。これに似た空しさを感ずるのである。

さきにわたしは「存在するようで存在しないという空虚さはこの詩の趣きである」と言ったが、これを大気の精など超自然的存在との関係で考えてみよう。パーカーによれば、マーロー（『ヒアローとリアンダー』）やシェイクスピア（『夏の夜の夢』）においては、「森の変身の仕掛け、超自然的工夫などはどれほど空想的であっても、道徳的大団円の秩序の一部である。これと対照的に大気の精は『髪の略奪』に何の効果も及ぼさない」彼らはアクションを妨害することもないし、おし進めることもない（注13）。エアリアルはベリンダに警告を発するのみで、事の進展に対しては何の力もない。

さてブルックスは『巧みにつくられた壷』でこの作品において超自然的存在が事の進展に関して無力なのは、『失楽園』において天使たちが人間に対する悪魔の誘惑を阻止できないのと似ている、と言う（注14）。たしかにラファエルはアダムに警告を発するのみで、この点ではエアリアルと似ている。ゼポンとイシュリエルはイヴの耳元で夢を吹き込む悪魔を見つけるが、すでに夢は吹き込まれた後である。（『失楽園』四・八一〇―十四）。つまりゼポンとイシュリエルは悪魔のたくらみを阻止することができない。ガブリエルと悪魔は一騎打ちしそうになるが、神が黄金の秤を示すことにより戦いは回避される（四・九九五―九七）。

だがブルックスは続けて「この限界がミルトンの偉大な叙事詩におけるおそらくもう一つの欠陥を構成しているとすれば、それはポウプの目的にはみごとに適うのである。（略）ポウプの超自然的存在はクモの糸のように薄いものであり、エアリアルがラファエルのごとく忠告と警告しかできないという事実は、（略）ポウプの目的に役立つからである。ポウプの詩における問題は趣味の問題であり、良識の問題である」と言うのである（注15）。このブルックスのことばを考えてみたい。

まず『失楽園』に関してである。天使たちが悪魔の誘惑を阻止できないのはこの叙事詩の欠陥だろうか。この叙事詩のクライマックスは第九巻の堕罪である。好むと好まざるとにかかわらず誘惑はやってくる（五・一一七―一九）。問題は人間が自由意志をもってこれにどう対処するかである。アダムとイヴはそれぞれ自らの意志で堕罪する。イヴは蛇の身体を借りた悪魔が誘惑者であると気づかずに対面しているし、アダムの場合はどのような形であれ、誘惑者と対面、あるいは対決することがない。英雄と英雄との対決はガブリエルやミカエルと悪魔の対決という形で用いられる。『失楽園』は人間と救済というユニークなテーマをもつために、古典叙事詩にのっとりつつ、そのコンヴェンションが分散して用いられている。そのように用いられざるを得ない、とブルックスは言うかもしれない。ではそれが欠陥かと言えばそうではない。

『失楽園』に古典叙事詩と同様の効果を求めても得られない。しかしここには異なる独特の効果、すなわち迂回効果が存在する。「たとえば『アエネーイス』の結末にみられるようなヒーローと敵対者の対決で事に決着がつくという事態はこの詩では生じない。神に対する悪魔の復讐の方法がすでに間接的、あるいは遠回しである。そのたくらみをうち砕いて人間に恩寵を与えることによって勝利を得るという神の方法がさらに遠回り的である」（注16）この遠回り的書き方にわれわれが身を任せれば、古典叙事詩を楽しむのとは違う方法で楽しむことができる叙事詩である。アダムとラファエルの対話には重みも趣きもあるし、スケールの大きさもある。たしかに天上の戦いは面白くない。だが第二巻の悪魔と「死」の対決は、決着はつかないけれども緊迫感を与えるのである。

さてそれでは第二の点、すなわちエアリアルのごとき超自然的存在が事の進展に対して何の力もないことが、ポウプの基本的目的に適うという点はどうであろうか。すなわち、「ポウプの詩における問題は趣味の問題であり、良識の問題である。大気の精はポウプが書くことを選んだ人間の限界、またその観点から判断がなされる人間の限界を侵していない。道徳性の問題が提起されることはない――まして道徳性の究極的認定が提起されることはないのである」とブルックスは言っている（注17）。

すこし回り道のようであるが、ここでベリンダの傲慢について考えてみよう。ベリンダの傲慢はこの詩全編を通じて明らかである。彼女の化粧は「聖なる傲慢の儀式」（一・一二八）であり、そこで自分の映像を女神とするのである。第二巻のはじめでベリンダは太陽にたとえられる（二・一三―一四）。それに続いて詩人は「だが品のよい気安さと傲慢のないやさしさは彼女の弱点を隠すだろうに。かりに女性に隠すべき弱点があればだが」（二・一五―一六）と言う。これは仮定法である。要するにベリンダに「品のよい気安さと傲慢のないやさしさ」はないということになる。作品を通じてベリンダの傲慢が否定されることはない。それは大気の精と地の精に通ずるものである。これら二種類の超自然的存在は態度は正反対であるが、つまり陽気と陰気であるが、共に人間の性質、特に傲慢を体現するものである。「美女たちが傲慢のうちに息絶えると、魂は最初の元素に戻るのである」（一・五七―五八）（注18）。

エアリアルが輝く青年となって夢の中でベリンダに語ることばを聞いてみよう。

Know then, unnumber'd Spirits round thee fly,
The light Militia of the lower Sky;
These, tho' unseen, are ever on the Wing,
Hang o'er the Box, and hover round the Ring.
Think what an Equipage thou hast in Air,

And view with scorn Two Pages and a Chair.
(I, 41–46)

無数の精が下空の軽やかな義勇軍として汝の周囲を飛び回っていることを知って下さい。これらは目には見えませんがいつも飛んでおり、箱の上を漂よい、指輪の上をさまよっています。空中に何とすばらしい従者がいるかを思い、二人の小姓つきの椅子かごを笑って見て下さい。

エアリアルは自分たちが"What an Equipage"であることを誇りに思うと同時に、ベリンダにも誇りに思って欲しいのである。

ベリンダが傲慢であり、大気の精がその化身あるいは延長であり、ベリンダが傲慢によってみずから災難を招いているならば、大気の精がその災難を阻止できないのは当然であろう。「ベリンダが傲慢によってみずから災難を招いている」と言ったが、これはポウプの考えであると思う。だからポウプはクラリッサに「男性をさげすむ女性は未婚のままで死ななければなりません」"She who scorns a Man, must die a Maid"（V, 28）と言わせている。上記のエアリアルのせりふ同様に"scorn"という語が用いられている。男爵を受け入れないのは受け入れないでよい。だがそれが基本的に男性一般に対する傲慢にもとづいている限り、どの男性も受け入れることはできない。傲慢と絶望とが表裏一体であるならば、ベリンダは絶望に向かう以外に道はない。ポウプはクラリッサに名誉ある平和の説明の中でどのような英雄精神が近代世界にふさわしいかを説明させている（注19）。とすれば、まさにこの作品において「道徳性の究極的認定」は堂々と提起されていることになる。

【注】

（1）Geoffrey Tillotson ed. *The Rape of the Lock and Other Poems* The Twickenham Edition of the Poems of Alexander Pope Vol. II. (1940; London & New York: Routledge, 1993), 83.
（2）Tillotson, *The Rape of the Lock and Other Poems*, 81f.
（3）Tillotson, *The Rape of the Lock and Other Poems*, 144.
（4）Tillotson, *The Rape of the Lock and Other Poems*, 144.
（5）Tillotson, *The Rape of the Lock and Other Poems*, 145.
（6）『「失楽園」の世界』、一一九―一三ページ参照。
（7）Tillotson, *The Rape of the Lock and Other Poems*, 142–3.
（8）Blanford Parker, *The Triumphs of Augustan Poetics* (Cambridge: Cambridge UP, 1998), 103.
（9）Wilders, *Samuel Butler: Hudibras*, 335.
（10）Tillotson, *The Rape of the Lock and Other Poems*, 147.
（11）夏目漱石『文学評論』、漱石全集　第十巻　（岩波書店、一九七六）、三八六―九二ページ。
（12）Tillotson, *The Rape of the Lock and Other Poems*, 155.
（13）Parker, *The Triumphs*, 99.
（14）Cleanth Brooks, *The Well Wrought Urn* (1947; New York: Harcourt, Brace & the World, 1975), 97–98.
（15）Brooks, 98.
（16）『「失楽園」の世界』、二四三ページ。
（17）Brooks, 98.
（18）Douglas L. Patey, "Love Deny'd: Pope and the Allegory of Despair" *Eighteenth-Century Studies* Vol. 20 No.1 (The American Society for Eighteenth Century Studies, 1986), 45.
（19）Patey, "Love Deny'd", 47–48.

【初出一覧】

第一章　『ヒューディブラス』における諷刺と喜劇　『十七世紀と英国文化』（十七世紀英文学研究第八号）金星堂九五年三月。

第二章　『ヒューディブラス』における熊いじめ　『英米文化研究』二三　関西学院大学、九五年三月。

第三章　『ヒューディブラス』における貴婦人　『商学論究』第四三巻二・三・四号関西学院大学商学研究会、九六年一月。

第四章　A・マーヴェル『画家への最後の指示』　『英米文化研究』二四、九六年三月。

第五章　ドライデン『アブサロムとアキトフェル』　『商学論究』第四四巻第四号　九七年二月。

第六章　曖昧と虚構・『アブサロムとアキトフェル』　『英語・英米文学の光と陰』　京都修学社、九八年三月。

第七章　ドライデン『マック・フレクノー』　『言語と文化』創刊号　関西学院大学言語教育研究センター、九八年三月。

第八章　ポウプ『愚鈍物語』　『商学論究』第四六巻第四号　九九年三月。

第九章　『愚鈍物語』の展開　『言語と文化』第三号　〇〇年三月。

第十章　『愚鈍物語』第四巻　『言語と文化』第四号　〇一年三月。

第十一章　『愚鈍物語』第四巻の展開　『言語と文化』第五号　〇二年三月。

第十二章　アレグザンダー・ポウプ『髪の略奪』　『商学論究』第五〇巻第一・二号　〇二年十二月。

【テキスト】

［バトラー］

Wilders, John. ed. *Samuel Butler: Hudibras.* London: Oxford UP, 1967.

［マーヴェル］

Margoliouth, H. M. ed. *The Poems and Letters of Andrew Marvell.* Vol.I Third Edition. Revised by Pierre Legouis with the collaboration of E. E. Duncan-Jones. Oxford: The Clarendon Press, 1971.

［ドライデン］

Hammond, Paul. ed. *The Poems of Dryden.* Vol. I. London & New York: Longman, 1995.

［ポウプ］

Davis, Herbert. ed. *Pope: Poetical Works.* London: Oxford UP, 1966. 一七二八年版『愚鈍物語』のテキスト。

Rogers, Pat. ed. *Alexander Pope.* Oxford: Oxford UP, 1993. 一七四三年版『愚鈍物語』のテキスト。

Sutherland, James. ed. *The Poems of Alexander Pope V: The Dunciad.* London & New York: Routledge, 1993.— first published by Methuen, 1943. 一七二九年版『愚鈍物語』のテキスト。

Tillotson, Geoffrey. ed. *The Poems of Alexander Pope II: The Rape of the Lock and Other Poems.* London & New York: Routledge, 1993-first published by Methuen,1940.

［ミルトン］

Darbishire, Helen. ed. *The Poetical Works of John Milton.* Vol. I & II. Oxford: Oxford UP, 1952－5.

『ヒューディブラス』の訳文は大部分バトラー研究会訳（《EURO》第九、十号（一九八五―七）および『ヒューディブラス』四）を、また『妖精の女王』の訳文は、熊本大学スペンサー研究会訳を用いた。

【参考文献】

Brooks, Cleanth. *The Well Wrought Urn.* New York: Harcourt, Brace & the World, 1975 . . . first published in 1947.

Carey, John. & Fowler, Alastair. eds., *The Poems of John Milton.* London: Longman, 1980 . . . first published in 1968.

Cunningham, Peter. ed. *Samuel Johnson: Lives of the Most Eminent English Poets Vol. I.* London: John Murray, 1854.

de Quehen, Hugh. ed. *Samuel Butler: Prose Observations.* London: Oxford UP, 1979.

Dixon, Peter. ed. *Alexander Pope.* London: G. Bell & Sons, 1972.

Eighteenth-Century Studies Vol. 20 No.1. The American Society for Eighteenth Century Studies, 1986.

Eliot, T. S. *Milton: Two Studies.* London: Faber & Faber, 1968.

Erskine-Hill, Howard. & Smith, Anne. eds. *The Art of Alexander Pope.* London: Vision, 1979.

Farley-Hills, David. *The Benevolence of Laughter.* Totowa, N. J.: Rowman & Littlefield, 1974.

Ferry, Anne. *Milton and the Miltonic Dryden.* Cambridge, Mass.: Harvard UP, 1968.

Garrison, James D. *Dryden and the Tradition of Panegyric.* Berkeley and Los Angeles: U of California P, 1975.

Griffin, Dustin. *Satire: A Critical Reintroduction.* Lexington, Kentucky: The UP of Kentucky, 1994.

Hamilton, A. C. ed. *Spenser: The Faerie Queen.* London & New York:Longman, 1990 . . . first published in 1977.

Jack, Ian. *Augustan Satire.* London: Oxford UP, 1965 . . . first published in 1942.

Ker, W. P. ed. *Essays of John Dryden Vol. II.* Oxford: The Clarendon Press, 1900.

Margoliouth, H. M. ed. *The Poems and Letters of Andrew Marvell* Vols.I & II Third Edition. Revised by Pierre Legouis with the collaboration of E. E. Duncan-Jones. Oxford: The Clarendon Press, 1971.

Miner, Earl. *Dryden's Poetry.* Bloomington & London: Indiana UP, 1967.

Miner, Earl. *The Restoration Mode from Milton to Dryden.* Princetion: Princeton UP, 1974.

Miner, Earl. ed. *John Dryden.* London: G. Bell & Sons, 1972.

Nevo, Ruth. *The Dial of Virtue.* Princeton: Princeton UP,

Parker, Blanford. *The Triumphs of Augustan Poetics.* Cambridge: Cambridge UP, 1998.

Pollard, Arthur. *Satire.* London: Methuen, 1970.

Previte-Orton, C. W. *Political Satire in English Poetry.* New York: Russell & Russell, 1968 . . . first published in 1910.

Rajan, B. ed. *Milton Studies XI.* Pittsburgh: U of Pittsburgh P, 1978.

Richards, Edward A. *Hudibras in the Burlesque Tradition.* New York: Octagon, 1972 . . . first published by the Columbia UP, 1937.

Rogers, Pat. *An Introduction to Pope.* London: Methuen, 1975.

Rogers, Pat. *Literature and Popular Culture: Eighteenth Century England.* Sussex: The Harvester Press, 1985.

Rumbold, Valerie. ed. *The Dunciad in Four Books.* Essex & New York: Pearson Education, 1999.

Seidel, Michael. *Satiric Inheritence: Rablais to Sterne.* Princeton: Princeton UP, 1979.

Sutherland, James. ed. *The Poems of Alexander Pope V: The Dunciad.* London: Methuen & New Haven: Yale UP, 1963.

Swedenberg Jr, H. T. ed. *The Works of John Dryden Vol. II.* Berkeley,Los Angeles & London: U of California P, 1972.

Waller, A. R. ed. *Samuel Butler: Characters and Passages from Note-Books.* Cambridge: The UP, 1908.

Wasserman, George. *Samuel "Hudibras" Butler.* Boston: Twayne, 1989.

Williams, Aubrey. *Pope's Dunciad: A Study of Its Meaning.* London:Methuen, 1955.

Zwicker, Steven N. *Dryden's Political Poetry.* Providence, Rhode Island: Brown UP, 1972.

【邦語文献】

藤原浩他訳、トレヴェリアン『イギリス社会史』みすず書房・一九七一。
北村常夫『英国諷刺文学の諸相』朝日出版社・一九六九。
中川忠訳、アレグザンダー・ポウプ『愚物物語』あぽろん社・一九八九。
夏目漱石『文学評論』漱石全集第十巻　岩波書店・一九七五。
夏目漱石『文学評論』漱石全集第十一巻　岩波書店・一九七六。
大日向幻『「失楽園」の世界』創元社・一九八七。
大日向幻訳、C・S・ルイス『「失楽園」序説』叢文社・一九八一。
斉藤勇ほか編『英米文学辞典』研究社・一九八五。
矢本貞幹『イギリス文学思想史』研究社・一九六八。
吉村伸夫訳『マーヴェル詩集』山口書店・一九八九。
吉村伸夫『マーヴェル書簡集』松柏社・一九九五。

あとがき

一九八五年、誘われて龍谷大学で始まったバトラー研究会に参加した。参加者は八名ぐらいだったと思うが、原則として毎月輪番で『ヒューディブラス』を翻訳し、訳文を批判し合い、出来たものを雑誌『翻訳西洋文学・エウロ』に掲載してもらった。二回掲載されてからこの雑誌が休刊になると、自分たちで『ヒューディブラス』翻訳冊子を出した。これは三回に及んだ。これで出版は第三部第二篇まで終わり、残るは第三部第三篇と書簡のみである。

たとえばヒューディブラスが『妖精の女王』に出てくる騎士の名前であることも知らずに読み始めたのであるが、読んでいると面白かった。ミルトンの同時代人であるバトラーがピューリタン革命をまともに諷刺している。読み終えたのは一九九二年春、一年間の在外研究でカリフォルニア州クレアモント大学院へ出かける直前であった。これはわたしにとってタイミングがよかった。わたしには十七世紀英文学会関西支部の会員としていずれ例会で何か発表しなければならないような気持ちがどこかにあり、『ヒューディブラス』について書ければ良いなと思っていた。クレアモント大学院の図書館にはバトラーに関する資料があり、それを用いて本書の第一章にある論文を書くことが出来た。

『ヒューディブラス』に関するペーパーを書くうちになんとなく諷刺というものが自分の性格に合っているように感じられた。それでマーヴェル、ドライデンと手探りで進んだ。初めはポウプを敬遠していたが、やがて避けて通れないと思うようになった。一九九八年十月から半年間の在外研究でオクスフォード大学ハートフォード学寮にいたとき、『愚鈍物語』の最初の論文を書くことができた。何と言っても本場であり、日本では手に入りにくい資料が手に入ったと思う。こうして考えて見ると、アメリカやイギリスへの留学によって研究が進んだことは確かである。

『愚鈍物語』は難解な作品であり、アースキン・ヒルは「独創に満ちた作品であるので批評はそれを把握し始めたところである」と言い、パット・ロジャーズは「すばらしい言語的妙技である。英語がこれほど多くの方向に引き伸ばされたことはない」と言っている。この作品と取り組むうちに、論文は四つになった。これに『髪の略奪』に関する論文を加え、ミルトンとの関わりという観点から一九九九年、二〇〇〇年、二〇〇一年と日本ミルトン・センター研究大会で口頭発表した。楽しい経験であった。

二〇〇二年度は勤務先の関西学院大学商学部から一年間の特別研究期間を与えられ、おかげで研究をまとめることができた。商学部教授会の温かいご配慮に謝意を表するものである。このささやかな書物がイギリス諷刺詩の理解にすこしでも寄与するところがあれば、望外の喜びである。

このような書物の出版を快く引き受けて下さった関西学院大学出版会、直接お世話になった編集長の田村和彦教授と浅香雅代氏に心から感謝申し上げる。

二〇〇三年一月　阪神大震災八周年の日に

大日向　幻

【索　引】

ア行

カ、サ行

タ、ナ、ハ行

マ、ヤ、ラ、ワ行

著者略歴

大日向　幻（おおひなた　げん）

1941年大阪に生まれる。
関西学院大学大学院文学研究科博士課程後期課程中退。
クレアモント大学院、オクスフォード大学ハートフォード学寮留学（客員教授）。
現在関西学院大学商学部および言語コミュニケーション文化研究科教授。

著書：『「失楽園」の世界』（創元社）、
『第十八世紀中葉イギリスの詩人たち』（近代文藝社）
訳書：C．S．ルイス『「失楽園」序説』（叢文社）

イギリス諷刺詩

2003年3月10日初版第一刷発行

著　者	大日向　幻
発行者	山本栄一
発行所	関西学院大学出版会
所在地	〒662-0891 兵庫県西宮市上ケ原1番町1-155
電　話	0798-53-5233
印　刷	協和印刷株式会社

Printed in Japan by Kwansei Gakuin University Press
ISBN:4-907654-46-4

http://www.kwansei.ac.jp/press/